Muhammad
Friede und Segen auf ihn

Ein Leben für den Glauben an den einzigen Gott

Andrea Mohamed Hamroune

Auflage 1 /2016
Assira-Verlag Offenbach
Lektorat: Andrea Mohamed Hamroune
Coverbild: 123rf, Kitti Kahotong
Kaligrafie: 123rf, Zeynur Babayev
Covergestaltung: Andrea Mohamed Hamroune
Herstellung und Verlag:
BoD- Books on Demand, Norderstedt
ISBN 978-3-7412100-0-6

Inhaltsverzeichnis

Die Entstehung des
Zamzam- Brunnen
und der Bau der Kaaba   7

Vor der Hidschra*
Die Mekkanische Zeit   9

Nach der Hidschra*
Die Medinensische Zeit   31

Nachwort   55

Chronologie   57

Quellennachweis   63

*Die Hidschra (Auswanderung) ist der Beginn der islamischen Zeitrechnung. Man berechnet sie nach dem Mondkalender. Das Jahr 622 n.Chr. ist das Jahr Null.
Eine weitere Zeiteinteilung ist die mekkanische Zeit, in der die erste Verbreitung des Glaubens an den einzigen Gott statt fand. Die Muslime wurden unterdrückt und konnten nur eingeschränkt ihre Religion ausleben.
In der medinensischen Zeitperiode gewannen die Muslime an politischem Einfluss und konnten ihren Glauben, zumindestens erstmal rund um Medina, frei ausüben. Es wurde ihnen erlaubt, diejenigen zu bekämpfen, die sich ihnen in den Weg stellten und sie angriffen.

Die Entstehung des Zamzam-Brunnen und der Bau der Kaaba

Vor langer Zeit, noch vor dem Leben des Propheten Moses (arab. Musa) und Jesus (arab. Isa), lebte der Prophet Abraham (arab. Ibrahim).

Abraham war ein Prophet, der sich dem Götzendienst verweigerte und sich durch Gehorsam und Standhaftigkeit gegenüber den Geboten und Verboten einem einzigen Gottes unterwarf. Diese Unterwerfung nennt man Islam. Dieser Begriff wurde später durch den Propheten Muhammad, Friede und Segen auf ihn, zum Namen einer Religion.

Sein Vater Azar war ein Götzendiener. Stets erklärte Abraham die Wahrhaftigkeit des einzigen Gottes und wurde deswegen verhöhnt. So trug es sich zu, dass er in einem Haus voller Götzen alle zerstörte außer den größten. Als er darauf beharrte, der Größte von ihnen hätte alle kleineren zerstört, wurden die Götzendiener wütend und wollten Abraham ins Feuer werfen. Gott rettete ihn jedoch, in dem er das Feuer für ihn kalt machte, so dass er überlebte.
Sein Vater starb später bei einem Brand, als er die Götzen aus dem Feuer retten wollte.

Abrahams erste Frau hieß Sara. Da sie aber keine Kinder bekam, erlaubte sie ihm eine Zweitfrau zu nehmen. Sie hieß Hagar und war eine Sklavin. Hagar gebar Ismael.
Als Sara anfing eifersüchtig zu werden, brachte Abraham beide in die Wüste in das Tal von Mekka und ließ sie dort zurück. Er versprach ihnen dort Versorgung durch Gott.
Nach einiger Zeit gingen Vorräte und Wasser zur Neige, so dass Hagar nervös zwischen den Hügeln Safa und Marwa umherlief. Als sie nach dem siebten Mal zurück zu Ismael kam, sah sie ihn eine Quelle freigeschürft haben. Sie rief: „Zummi, zummi!", was so viel wie „zusammenferchen" heißt und schöpfte das Wasser in einen

Krug.
Da es nun durch den Zamzam- Brunnen Wasser gab, kamen auch Vögel und die Stämme Dschurhum wurden dadurch Aufmerksam. Nach einiger Zeit ließen sie sich um Hagers Lager nieder.
Karawanen kamen um ihre Tiere zu tränken und Handel zu treiben, so dass Hagar in guter Versorgung lebte.

Obwohl Sara schon zu alt war, gebar sie Abraham den Sohn Isaak. In diesem Stamm folgten Moses und Jesus.
Nach dem Hagar gestorben war und Ismael bereits ein Mann war, bekam Abraham von Gott den Befehl mit seinem Sohn die Kaaba zu bauen. Ein würfelförmiger Bau, der allen gottergebenen Menschen (Muslimen) als Gotteshaus und Gebetsrichtung (arab. Qibla) dienen sollte.

Ismael und Abraham stehen in der gleichen Ahnenreihe wie Muhammad, Friede und Segen auf ihn.
Leider wurde die Kaaba nach Ismaels Tod als Lagerstätte für Götzen benutzt, so dass auch der Zamzam- Brunnen langsam versiegte. Als Mudad Bin Amr, der letzte Herrscher der Dschuhum erkannte, das er durch die Chuza`s abgelösst wurde, verließ er Mekka und schüttete den Zamzam- Brunnen samt der gestifteten Geschenke für die Kaaba zu.

Die Kaaba war fortan eine Lagerstätte vieler Götzen.

Vor der Hidschra
(Die mekkanische Zeit)

Es war im Jahr 570 n.Chr. als der Statthalter Abraha des Königs von Abessinien im Jemen in der Stadt Sanaa beschloss eine Kathedrale zu bauen. Zu dieser Zeit unterlag Jemen dem Herrschaftsgebiet Abessiniens, dem heutigen Äthiopien, und war ein christliches Land.
Er nannte seine Kathedrale Qulays.
Abraha erhoffte sich durch einen Prachtbau, die Pilger, die nach Mekka zogen um die Kaaba zu besuchen, abzuwerben.
Als die Pilgerzeit begann und er sah, dass die Pilger trotz aller Schönheit seines Baus den Einzug nach Mekka bevorzugten, wurde er sehr wütend. Er machte sich mit einem sechzigtausend Mann starken Heer und zweiundzwanzig Elefanten auf, in der Absicht die Kaaba zu zerstören.
Nufal Ibn Habib, ein Gefangener Abrahas, den er als Heeresführer einsetzte, ging zu Mahmud, dem Elefanten und flüsterte ihm zu: „Knie nieder Mahmud, oder gehe dorthin zurück, wo Du hergekommen bist, denn Du bist in Allahs heiligem Land."
Unterwegs zerstörte Abraha rücksichtslos alles was ihm in den Weg kam und stahl viele Tiere. Unter anderem auch zweihundert Kamele von Abdul Muttalib.

Als Abdul Muttalib dies merkte, ging er mit einem seiner Söhne zu Abraha, um die Herausgabe seiner Tiere einzufordern.
Abraha wunderte sich sehr, da er dachte, er würde ihn auch von dem Angriff auf die Kaaba abhalten wollen.
Abdul Muttalib erklärte nur: „Die Kaaba hat ihren eigenen Beschützer!"
Abraha gab ihm die Kamele heraus.

Als es nun losgehen sollte und das Heer sich zum Angriff vorbereitete, verweigerte der Elefant Mahmud den Gehorsam. Er kniete in Richtung Jemen und war auch durch heftige Schläge nicht dazu zu bringen, aufzustehen.

Er lief immer wieder in die entgegengesetzte Richtung, weg von Mekka.

Genau in diesem Moment kam ein riesiger Vogelschwarm auf die Männer zu und bewarf sie heftig mit Lehmklumpen. Einige Männer starben sofort, andere bei dem Versuch Jemen wieder zu erreichen. Nur wenige Männer überlebten dieses Ereignis, um davon erzählen zu können.
Abraha starb unter entsetzlichen Schmerzen in seiner Burg in Jemen.

Zu diesem Ereignis schickte Gott die Sure " Der Elefant " herab.

*„Siehst Du nicht wie Allah mit den Leuten des Elefanten verfuhr,
ließ er ihre List nicht verloren gehen
und sandte gegen sie Vögel in auf einander folgenden Schwärmen,
die sie mit Steinen aus gebrannten Lehm bewerfen
und sie so wie abgefressene Halme macht."*
(Quran 105: 1-5)

Da man zu dieser Zeit bestimmte Ereignisse nicht mit einer Jahreszahl verknüpfte, ging dieses Geschehnis zusammen mit der Geburt des Propheten, als „Das Jahr des Elefanten" in die Geschichte ein.

Zur gleichen Zeit trug es sich in Mekka zu, dass Amina ihren Sohn gebar. Es war eine leichte Geburt unter erträglichen Schmerzen. Abdullah, der Ehemann Aminas, starb bereits vor diesem Ereignis auf dem Rückweg von einer Handelsreise in Yathrib an einer Krankheit.
Abdul Muttalib freute sich sehr seinen Enkel in die Arme zu schließen und gab ihm den Namen
Muhammad, der Gepriesene.

In Yathrib rief ein Jude die Geburt des neuen Propheten aus. Er erkannte dies am Erscheinen eines Sterns, der durch die Tora zu diesem Ereignis vorausgesagt wurde.

Mekka wurde damals durch die hohe Anzahl von Besuchern der Stadt, teils zum Handel, teils zum Besuch der Kaaba, sehr oft von ansteckenden, tödlichen Krankheiten heimgesucht. Um Muhammad, Friede und Segen auf ihn, davor zu schützen, wollte Amina ihn zu einer Amme in Biduinenstämme in die Wüste schicken. Nicht zuletzt auch damit er die arabische Hochsprache lernte und naturnah aufwuchs. Natürlich war es auch wichtig, um den Wohlstand der Familie sichtbar zu machen. Denn Eltern, die benachteiligt waren in ihrem Vermögen, mussten die Kinder in der Stadt lassen.

Es dauerte einige Zeit bis Amina die Amme Halima fand. Halima „Sadiya" (die Sanftmütige und Glückliche) hatte bereits einen kleinen Jungen, der sich Abdullah nannte.

Durch den Einzug des kleinen Muhammads, Friede und Segen auf ihn, veränderte sich das Leben sehr. Halima hatte wieder genug Milch, so dass sie auch Abdullah satt bekam. Die Kamelstuten ließen sich gut melken und ihre kranke, schwache Eselin erholte sich auf wundersame Weise und konnte wieder schwere Lasten tragen. Selbst die Ziegen waren wieder wohlgenährt und trugen volle Euter.
Abdullah spielte gerne mit Muhammad, Friede und Segen auf ihn. Beide hatten viel zu tun gemeinsam.
Halima stillte Muhammad, Friede und Segen auf ihn, mit zwei Jahren ab und wollte ihn zurück nach Mekka bringen. Amina wollte ihn jedoch noch länger bei Halima lassen, da es in Mekka zu viele Krankheiten gab und sie sah, dass die Wüste ihm gut tat.
Als zwei weiß gekleidete Männer kamen, und Muhammad, Friede und Segen auf ihn, auf den Boden legten, um ihm die Brust zu durchsuchen, bekam Abdullah große Angst. Sie nahmen Muhammad, Friede und Segen auf ihn, sein Herz heraus und teilten es in zwei Teile, dann entnahmen sie ihm einen Blutklumpen. Daraufhin wuschen sie sein Herz und seinen Körper mit Schnee, bis sie es gereinigt hatten.
Schnell lief er zu seiner Mutter Halima, um ihr davon zu erzählen.

So brachte Halima Muhammad, Friede und Segen auf ihn, im Alter von fünf Jahren zurück zu seiner Mutter.

Amina freute sich sehr ihren Jungen wieder zu haben.
„Groß ist er geworden", sagte sie.
Ein Jahre verging, in dem er eine schöne Zeit in der Familie verbrachte. Als Muhammad, Friede und Segen auf ihn, sechs Jahre alt war, beschloss Amina mit ihrer Sklavin Baraka nach Yathrib zu reisen, um das Grab ihres verstorbenen Mannes Abdullah zu besuchen.
Sie blieb einen Monat da, bis sie sich auf die Rückreise machte. In der Mitte des Weges erkrankte sie jedoch und starb in Abwa. Baraka brachte Muhammad, Friede und Segen auf ihn, alleine zurück.
Die ganze Familie war sehr traurig.

Muhammad, Friede und Segen auf ihn, wurde nun von seinem Großvater Abdul Muttalib aufgezogen. Er war damals schon weit über achtzig Jahre alt und gehörte zum Ältesten Rat der Stadt. Lange bevor Muhammad, Friede und Segen auf ihn, geboren wurde fand Abdul Muttalib den Zamzam- Brunnen wieder, mit dem die Pilger verköstigt wurden. Er wurde damals zugeschüttet, als der Götzendienst Oberhand in Mekka nahm.
Einer der Söhne Abdul Muttalibs, Al Harith, mußte das Wasser von außerhalb Mekka holen. Abdul Muttalib tat dies leid und er wünschte sich, für seinen Sohn, den alten Brunnen zurück.
In den darauffolgenden Nächten erschien ihm jeweils ein Engel und forderte ihn auf nach Taiba (Süße Reinheit) zu graben. Er kam wieder und forderte ihn auf nach Barra (Reicher Überfluss) zu graben, beim letzten Mal sollte er nach Madnuna (Verborgener Schatz) graben. Als er dann nach Zamzam graben sollte, da beschrieb ihm der Engel auch den Ort an dem er graben sollte.
So ging er nun ans Werk und fand zuerst die Opfergaben aus Gold. Die Quraisch bedrohten ihn. Unbeirrt grub Abdul Muttalib weiter. Er schwor bei Gott einen zehnten Sohn zu opfern, als denn dieser die Vollreife erreichen würde, auf das er auch in Zeiten der Bedrängnis durch seine Söhne geschützt sein konnte. Aus den gefundenen

Gegenständen schmolz er den Schmuck für die Kaabatür.

Abdul Muttalib bekam einen zehnten Sohn und nannte ihn Abdullah. Er erinnerte sich daran, das Versprechen gegenüber Gott erfüllen zu müssen. Er loste zuerst den Sohn aus, den er opfern sollte und loste ihn dann weiter unter Kamelen aus. Erst als er dreimal probierte, war er sich sicher, die Kamele opfern zu können. Einhundert Kamele gab er damals für Abdullah her.

Als Abdul Muttalib merkte, das bald seine Zeit zum Sterben gekommen war, übertrug er die Obhut Muhammads, Friede und Segen auf ihn, auf seinen Sohn Abu Talib.
Muhammad, Friede und Segen auf ihn, war damals acht Jahre alt.

In früher Kindheit verdiente Muhammad, Friede und Segen auf ihn, sein Geld erstmals mit Ziegen- und Schafehüten rund um die Berge Mekka. Abu Talib unterstützte ihn und unterwies ihm im Handel. So kam es dann, dass Abu Talib Muhammad, Friede und Segen auf ihn, mit zwölf Jahren auf eine Handelsreise nach Syrien mit nahm.
In Busra hielten sie an einer Mönchsklausel, um dort zu rasten. Der christliche Mönch Bahira lud sie dort zum Essen ein. Muhammad, Friede und Segen auf ihn, pausierte derweil unter einem Baum.

Seit langer Zeit wartete der Mönch auf das Eintreffen eines neuen Propheten. So fragte er Abu Talib über verschiedene Angelegenheit in seinem Leben aus. Er erkannte Übereinstimmungen mit Überlieferungen.
Wenig später stellte man fest, dass Muhammad, Friede und Segen auf ihn, fehlte und bat ihn mit in die Gruppe zu kommen.
Der Mönch Bahira bat Muhammad, Friede und Segen auf ihn, ihm seinen Rücken zu zeigen und erkannte so durch ein ovales, leicht behaartes Muttermal Muhammad, Friede und Segen auf ihn, als Propheten.
Das Muttermal wurde als das "Siegel der Propheten" bezeichnet.
Der Mönch Bahira bat Abu Talib gut auf den Jungen aufzupassen und ihn vor den Juden zu schützen, denn eine große Aufgabe sollte

noch auf ihn warten.

Als Muhammad, Friede und Segen auf ihn, fünfundzwanzig Jahre alt war, war er bereits ein erfahrener Karawanenführer und Kaufmann. Viele Menschen vertrauten ihm ihre Sachen an. Muhammad, Friede und Segen auf ihn, war immer ehrlich und freundlich.
Deswegen wurde er "Der Vertrauenswürdige" (arab. Al Amin) genannt.

Zu dieser Zeit bot Chadidscha Muhammad, Friede und Segen auf ihn, an, für sie Waren mit einer Karawane nach As- Sham zu bringen. Sie bot ihm mehr Geld als die anderen und versprach ihm zusätzlich als Hilfe noch den Sklaven Maisara mitzugeben. Muhammad, Friede und Segen auf ihn, willigte ein.

Als sie in Busra Rast machten, ruhte Muhammad, Friede und Segen auf ihn, sich unter einem Baum nahe eines Klosters aus. Der Mönch Nestor erklärte Maisara, dass an diesem Baum bisher nur Propheten rasteten. Er sah zwei Engel, die ihm Schatten spendeten.
Nach dem Muhammad, Friede und Segen auf ihn, alle Waren verkauft hatte und neue Waren zum Verkauf in Mekka einkaufte, reiste er zurück nach Mekka. Maisara berichtete Chadidscha von dem Gespräch mit dem Mönch Nestor und erzählte von der freundlichen und fürsorglichen Behandlung Muhammads, Friede und Segen auf ihn, ihm gegenüber. „Muhammad, Friede und Segen auf ihn, und ich waren wie Gefährten", erklärte Maisara.

Chadidscha ging sogleich zu ihrem Cousin Waraka, um ihm davon zu berichten. Er war schon sehr alt und blind, kannte die alten Schriften und las früher auch hebräisch.
Er war ein Christ und wurde in Mekka sehr wegen seiner Weisheit geschätzt. Als Chadidscha ihm davon erzählte, erklärte er sofort, dass Muhammad, Friede und Segen auf ihn, ein Prophet sei.
Chadidscha schickte Maisara Muhammad, Friede und Segen auf ihn, zu holen, um ihm das Ehegesuch vorzubringen. Muhammad, Friede und Segen auf ihn, stimmte gerne zu.

Er besprach sich mit der Familie und bat dann seinen Onkel Hamza zu Chadidscha zu gehen, um ihr den eigentlichen Heiratsantrag zu machen. Hamza war zwei Jahre älter als Muhammad, Friede und Segen auf ihn. Als Brautgabe (arab. Mahr) erhielt Chadidscha zwanzig Kamele.

Chadidscha war zu diesem Zeitpunkt schon vierzig Jahre alt und zweimal verheiratet gewesen.
Das war für die Ehe aber einerlei. Chadidscha war für Muhammad, Friede und Segen auf ihn, eine Freundin, eine Beraterin, Stütze und Geliebte. Sechs Kinder gingen aus der Ehe hervor.
Sie hießen Al Qasim, Zaynab, Ruqaya, Umm Kulthum, Fatima und Abdullah.
Die beiden Jungen starben als sie noch klein waren.

Muhammad, Friede und Segen auf ihn, schenkte Baraka die Freiheit und nahm den ehemaligen Sklaven Zaid mit in die Familie auf. Weil Abu Talib zu arm war, zog er dazu noch seinen Sohn Ali groß.

Zehn Jahre später wurde durch eine Überschwemmung die Kaaba beschädigt. Das Mauerwerk wurde brüchig und baufällig.
Lange Zeit saß einer Schlange an der Kaaba. Es war fast so, als würde sie die Kaaba bewachen.
Als dann ein Greifvogel kam und die Schlange weg schnappte, bekamen die Männer endlich den Mut sich den Schaden genauer anzusehen. Dabei stellten sie fest, dass es notwendig war, die komplette Kaaba neu aufzubauen.
So gingen sie ans Werk.

Als sie dann an die Grundmauern abtragen wollten, bebte ganz Mekka. Sie waren sehr erschrocken und ließen daher davon ab. So bauten sie ab da die Kaaba Stein für Stein wieder auf.
Zu letzt ging es nur noch um das Einsetzen des Schwarzen Steines. Der Schwarze Stein diente dazu, um an ihm die Anzahl der Umrundungen (arab. Tawaf) festzumachen. Ganz früher war er weiß, aber durch die Sünden der Menschen wurde er schwarz.

Schnell entbrannte ein heftiger Streit darum. Bis schließlich ein sehr alter und weiser Mann namens Abu Umayya den Vorschlag machte die Aufgabe dem zu übertragen, der als erstes durch das Tor kam. Es war Muhammad, Friede und Segen auf ihn. Er nahm das Problem der Männer entgegen, breitete ein Tuch aus und legte den Stein darauf. Gemeinsam trugen sie ihn an die Stelle, an die Muhammad, Friede und Segen auf ihn, den Stein einsetzte.
So war der Streit unter Beteiligung aller in großer Zufriedenheit beendet.
Zaynab heiratete Abul- As, den Sohn von Chadidschas Schwester, Ruqaya wurde mit Utba verlobt. Die Quraisch boten Utba später eine andere Frau an. Da er aber selbst Muslim geworden war, schwor er Ruqaya niemals zu verlassen. Utba wurde dafür sehr von Muhammad, Friede und Segen auf ihn, gelobt. Später, als Muhammad, Friede und Segen auf ihn, anfing öffentlich zu predigen, ordnete Abu Lahab, der Onkel Muhammads, Friede und Segen auf ihn, und Vater Utbas, die Scheidung an. Daraufhin heiratete Ruqaya Uthman.

Umm Kulthum verlobte sich mit Utayba. Die Ehe wurde aber für ungültig erklärt, da sich Utayba nicht vom Götzendienst losreißen konnte.

Als Muhammad, Friede und Segen auf ihn, 40 Jahre alt war, zog er sich häufig in die Berge zurück. Auf den Berg des Lichts (arab. Dschabal an Nur) in die Höhle Hira (arab. Ghar Hira).
Er kam dort zur Ruhe, dachte viel nach und ging dort in sich.
Manchmal hatte er Träume, die sich später bewahrheiteten.
Eines Tages jedoch erschien ihm eine Gestalt und forderte ihn eindringlich auf zu lesen. Er bekam große Angst.

Als er zu Chadidscha zurück kam, sagte er:„Hülle mich ein, hülle mich ein!" und er berichtete ihr von dem Geschehnis und von den Worten, die die Gestalt für ihn aussprach:

> *„Lies im Namen deines Herrn, der erschuf.*
> *Erschuf den Menschen aus einem Anhängsel.*
> *Lies, denn der Herr ist Allgütig.*
> *Der mit dem Schreibrohr lehrt,*
> *lehrt den Menschen, was er nicht wusste."*
> **(Quran 96:1-5)**

Sie hüllte ihn ein, bis die Furcht von ihm abließ. Beruhigend sprach sie zu Muhammad, Friede und Segen auf ihn: „Niemals wirst Du bei Allah eine Schande erleben; denn Du bist wahrlich derjenige, der die Verwandtschaftsbande pflegt, dem Schwachen hilft, den Mittellosen gibt, den Gast freundlich aufnimmt und den Notleidenden unter die Arme greift."

Chadidscha war sehr erstaunt und fragte den blinden Cousin Waraka, um einen Rat zu diesem Ereignis. So stellte man diese Begebenheit mit der Begegnung zu dem Engel Gabriel (arab. Namus) in Verbindung.

Waraka ging nun selber zu Muhammad, Friede und Segen auf ihn, um sich die Geschichte persönlich anzuhören.

Er erklärte Muhammad, Friede und Segen auf ihn, dass er es schade fand auf Grund seines hohen Alters nicht dabei sein zu dürfen, wenn Muhammad, Friede und Segen auf ihn, vertrieben werden würde. Denn kein Prophet wurde je in Ruhe gelassen, wenn er die Botschaft Allahs verbreitete.

Muhammad, Friede und Segen auf ihn, war sehr erstaunt über diese Worte. Denn er konnte sich niemals vorstellen Mekka zu verlassen. Er war in Mekka geboren, war in Mekka aufgewachsen, hatte in Mekka geheiratet und seine Söhne begraben.

Chadidscha war die erste, die den Islam annahm. Später folgten Ali, Zaid und Abu Bakr. Abu Bakr war Muhammads, Friede und Segen auf ihn, bester Freund und Begleiter. Man nannte ihn auch "Den

Wahrhaftigen, den Aufrichtigen" (arab. As Siddiq). Er kannte den Propheten am besten.

Abu Bakr war ein wohlhabender Kaufmann und angesehener Mann, sehr weise mit angenehmer Ausstrahlung.

Kurz darauf wurde Muhammad, Friede und Segen auf ihn, das Gebet auferlegt. Der Engel Gabriel besuchte ihn und zeigte ihm wie man sich für das Gebet wäscht und wie man betet. Er gab sein Wissen an Chadidscha weiter.

Chadidscha nannte man auch " Die Reine" (arab. At tahira) und ihre Töchter wurden " Töchter der Reinen" (arab. Banut at tahira) genannt.

Etwas weiter entfernt war gerade Uthman bin Affan von Syrien nach Mekka unterwegs. Er rastete unter einem Baum als eine Stimme ihm zu rief: „In Mekka ist Ahmad erschienen!" Er wunderte sich, konnte aber weit und breit niemanden entdecken.

Als er weiter zog, begegnete ihm ein alter Freund Talha und erzählte ihm von den Mönch Bahira. Bahira hatte ihm erzählt, dass Muhammad, Friede und Segen auf ihn, der Gepriesene erschienen war. Sein Onkel war Abu Talib und er war von Gott zu einem Botschafter gemacht worden.

Uthman dachte sich sofort, dass es sich um Muhammad, Friede und Segen auf ihn, handeln mußte. Als er Muhammad, Friede und Segen auf ihn, dann später persönlich sah, nahm er als gleich den Islam an.

Muhammad, Friede und Segen auf ihn, war ein Prophet, der die Menschen zum Eingottglauben aufrief. Zunächst gab er die Botschaft an seine Familie weiter und dann an seine Freunde. Seine Anhängerschaft wuchs. Alles musste im Verborgenen passieren, denn ganz Mekka bestand aus Götzendienern.

Jeder Götzendiener glaubte an sein Bild und an seine Statuen, machte seine eigenen Gesetze. Es gab untereinander Missbilligungen, Neid, Wucher, Frauen wurden schlecht behandelt, Mädchen wurden als Baby mit lebendigem Leib begraben. Hinzu kam Sklaverei und Fremdenhass.

Der Prophet stand alledem sehr entgegen, so dass die Quraisch das als eine Bedrohung ihres Erwerberhalts und ihrer Lebensführung verstanden.

Nach drei Jahren erhielt Muhammad, Friede und Segen auf ihn, von Gott die Aufforderung den Islam öffentlich zu predigen.
Zunächst erklärte er die Gleichheit aller Menschen im Angesicht Gottes. Dadurch wurde der Sklave gleich dem König.
Jeder Mensch, egal welchen Standes, unterlag der gleichen Gerichtsbarkeit, durfte gleiche Rechte vertreten und war gleichberechtigt seine Familie in Lohn zu versorgen.
Er gab Frauen und Männern das Recht im freien Willen zu heiraten und erklärte Zwangsheiraten für ungültig. Frauen erhielten ein Erb- und Eigentumsrecht.

Die wichtigste Botschaft Muhammads, Friede und Segen auf ihn, war immer der Glaube an den einzigen Gott. Dies missfiel den Quraisch sehr, so dass sie den Propheten verleumdeten und ihn der Lüge bezichtigten. Die Botschaft des Qurans war jedoch so eindeutig und wohlklingend, dass es ihnen nicht gelang.
Ganz im Gegenteil. Seine Anhängerschaft wurde immer größer.

So gingen die Quraisch zu Abu Talib um Muhammad, Friede und Segen auf ihn, über ihn Reichtum, Macht und Frauen anzubieten. Sie wollten Muhammad, Friede und Segen auf ihn, so bestechen, damit er mit seinem Aufruf zum Eingottglauben aufhören sollte. Als Abu Talib ihm davon berichtete, lehnte Muhammad, Friede und Segen auf ihn, natürlich ab.
Denn er brauchte dies alles nicht. Sein Reichtum war die Zufriedenheit, die Macht, war die von Gott und Chadidscha war seine Liebste.
Und damit nicht genug. Etwas später boten die Quraisch Abu Talib an, ihren Sohn gegen Muhammad, Friede und Segen auf ihn, zu tauschen. Die Rede dauerte genauso lange wie der Satz, da waren die Quraisch auch schon raus geflogen.
Der traurigste aller Versuche war, Muhammad, Friede und Segen

auf ihn, beim Gebet mit einem Stein zu erschlagen. Der vermeidliche Attentäter ergriff dann aber kurz vorher die Flucht. Die Situation jagte ihm Angst ein!

Nun gingen die Quraisch nach Yathrib, um einen Rabbi um Rat zu bitten. Dieser gab ihnen folgendes für Muhammad, Friede und Segen auf ihn, zur Aufgabe:
„Fragt ihn nach den schlafenden Schäfern in der Höhle, fragt ihn nach dem Du l- Qurnain und fragt ihn nach der Seele."
Es dauerte eine Weile bis Muhammad, Friede und Segen auf ihn, durch eine Offenbarung die Lösung bekam.

Er rezitierte die Verse **18: 9- 22** für die Schäfer:
Hier ging es um die Schäfer, die mit ihrem Hund in einer Höhle von Gott in einen langen Schlaf versetzt wurden. Sie sollten darauf hin mit Silbermünzen in die Stadt gehen, sich etwas zu essen kaufen und niemandem etwas davon erzählen. Da ihnen sonst gedroht werden könnte umgebracht zu werden, damit sie ihren Glauben verließen.

Die Verse **18: 83-98** zitierte er für den Du l- Qurnain:
Hier ging es darum, dass der Du l- Qurnain zum Sonnenuntergang ging und ein Volk an einer schlammigen Quelle traf. Er verhieß ihnen den Ausgang der Leute, die schlechte oder gute Taten vollbrachten. Danach ging er zum Sonnenaufgang und traf ein Volk ,das Schutz vor Yagug und Magug suchte. Er nahm Eisenstücke und schmolz sie mit ihrer Hilfe zwischen den Berghälften zu Kupfer, so dass niemand sie überwinden und durchbrechen konnte. Das Volk versprach ihm Lohn, seine Vorliebe war jedoch die Zufriedenheit Gottes um seiner Taten.

Für die Seele zitierte er diesen Vers:
„Sie fragten mich nach dem Geist. Der Geist ist vom Befehl meines Herrn, euch ist vom Wissen gewiss nur wenig gegeben."
(Quran 17:85)

Die Quraisch waren sehr erstaunt, denn Muhammad, Friede und
Segen auf ihn, konnte weder Lesen noch Schreiben. Seine Botschaft
musste also wahr sein.
Nichts desto Trotz bezichtigten sie ihn der Zauberei und der
Dichtung.
Abu Talib war ein wichtiger Klanführer und nahm Muhammad,
Friede und Segen auf ihn, unter seinen Schutz. Aus diesem Grund
richtete sich der Hass der Quraisch nun gegen die Armen und
Schwachen.
Zum Islam übergetretene Sklaven wurden misshandelt und gefoltert.
Ihnen wurde befohlen sich wieder dem Götzendienst zuzuwenden,
sonst würden sie umgebracht werden.
Bilal, ein schwarzer Sklave, gehörte auch zu ihnen.
Als Umayya, der Herr Bilals, von einem Muslim Besuch bekam und
dieser durch die Tür trat, wurde Umayya sehr wütend. Er forderte
Bilal auf, ihn zu schlagen. Bilal stand jedoch auf und machte sich
gerade. Die Situation machte ihn so mutig, dass er niemals mehr
Angst vor Demütigungen und Erniedrigung hatte. Er verweigerte
sich schlichtweg.
Trotzdem mußte Bilal Folterungen durch seinen Herrn aushalten. Er
wurde auf den Boden gelegt und schwere Steine wurden ihm auf die
Brust gelegt. Es wurde sehr heiß in der Sonne. Aber er schrie; „Einer,
Einer." Kein Mensch vermochte es seinen starken Willen zu brechen.
Abu Bakr hörte dies, kaufte ihn frei und ließ ihn laufen.
So hatte sein Leid ein Ende.

Der Prophet sollte zum Beweis auch Wunder volbringen. So spaltete
sich der Mond, um zwei Berghälften zu erhellen.
*„Näher ist die Stunde des Gerichts gekommen und gespalten hat sich
der Mond. Und wenn sie ein Zeichen sehen, wenden sie sich ab und
sagen: „Fortdauernde Zauberei."*
(Quran 54:1-2)

Das Leben wurde für viele unerträglich.
Im fünften Jahr seiner Propheterie schickte Muhammad, Friede und Segen auf ihn, einige Muslime nach Abessinien..
Ruqaya und Uthman gehörten auch zu den Auswanderern.

Abessinien wurde von einem christlichen König regiert. Muhammad, Friede und Segen auf ihn, wusste durch Handelsreisen von ihm. Da die Quraisch nun durch die Auswanderung ihre Auslandsgeschäfte in Bedrohung sahen, schickten sie Boten mit Geschenken, um den König damit zur Herausgabe der Muslime zu bestechen.

König Nadschaschi hieß die Muslime sehr willkommen. Er hörte sich ihren Gram an und wollte wissen, warum die Quraisch so auf ihren Götzendienst bestanden. Man erklärte ihm, es sei Habgier und Stolz ; ein Gelöbnis an den Glauben ihrer Vorväter.
Da der König auch an einen Gott glaubte, fragte er nach den Offenbarungen Muhammads, Friede und Segen auf ihn. Daraufhin rezitierte der Anführer Dschaafar die Sura al Mariam.
In dieser Sure ging es um die jungfräuliche Empfängnis Mariams und die Geburt ihres Sohnes Jesus (arab. Isa). Er konnte schon als Baby sprechen. Außerdem berichtete er, dass Gott sich keinem zum Sohn nahm, die Anbetung stehe alleine Gott zu.
König Nadschaschi erkannte die Wahrhaftigkeit der Muslime, die ihn sehr rührte. Er schickte die Quraisch zurück und versprach den Muslimen Schutz in Abessinien.

Zur gleichen Zeit in Mekka machte sich Umar ibn Al Chattab auf den Weg um Muhammad, Friede und Segen auf ihn, zu töten. Ihm war es leid, dass Muhammad, Friede und Segen auf ihn, die Welt durcheinander brachte. Er war ein temperamentvoller, gebildeter Mann. Auch war er wütend, das seine Schwester den Islam angenommen hatte. Er schlug sie zwar, nahm dann aber das Pergament, um die Worte selbst zu lesen, die alle so geheimnisvoll huldigten.

Er las die ersten fünf Verse der Sure Ta ha:

*"Wir haben den Qur'an nicht auf dich (als Offenbarung)
hinabgesandt, damit du unglücklich bist, sondern als Erinnerung für
denjenigen, der gottesfürchtig ist, eine Offenbarung von Demjenigen,
Der die Erde und die hohen Himmel erschaffen hat.
Der Allerbarmer ist über dem Thron erhaben."*
(Quran 20:1-5)

Diesen mächtigen Worten konnte Umar nichts entgegen setzten. Er sprach den Treueid (arab. Schahada) aus: „ Ich bezeuge, dass es keinen Gott gibt außer Gott und ich bezeuge, dass Muhammad sein Diener und Gesandter ist."
Daraufhin suchte er den Propheten auf und erklärte ihm seine Zugehörigkeit zum Islam.
Umar betete nun mit vielen anderen Muslimen das erste Mal gemeinsam mit dem Propheten an der Kaaba. Hamza nahm auch den Islam an. Man nannte Umar auch "Der zwischen Wahrheit und Lüge unterscheidet" (arab. Al -Faruq). Er war der erste, der den Islam öffentlich predigte und kein Geheimnis von seiner Ausreise aus Mekka nach Yathrib machte.

Muhammad, Friede und Segen auf ihn, war ein friedliebender Mensch. Seine größte Überzeugung an die Menschen ging vom Quran aus. Stets gebot er das Gute, sprach mahnende, leise Worte, war hilfsbereit und freundlich.
Er begrüßte die Menschen mit den Worten: „ Salam alaikum (Friede sei mit Euch). Wurde er selbst so gegrüßt, grüßte er mit einem schönerem Gruß zurück: „Alaikum Salam ua rahmad allahi al barakatu ". (Und Friede auch mit Euch. Möge Allah sich dir erbarmen und gnädig sein).
Er war beschützt von seinen Anhängern, seinen Freunden und seiner Familie. Besonders von Abu Talib. Was auch immer die Quraisch versuchten gegen Muhammad, Friede und Segen auf ihn, vorzubringen, war ohne Erfolg.
Als man ihm einmal Reichtum anbot, mit dem Ziel, ihn von seiner

Aufgabe der Glaubensverkündung abzubringen, antwortete er: „Es fehlt mir an nichts von dem ihr sprecht. Ich brauche weder euren Besitz noch eure Ehre und auch kein Königreich. Allah beauftragte mich als Propheten und hat mir ein Buch offenbart und ich habe den Befehl, auch Freudenbote und Warner zu sein. Ich bringe euch die Botschaft meines Herrn und gebe euch guten Rat. Wenn ihr es von mir annehmt, wird das euer Vorteil im Diesseits und im Jenseits sein. Wenn ihr mich zurückweist, werde ich Allahs Urteil abwarten, bis er zwischen mir und euch entscheidet."

Aus diesem Grund und aus Rache, weil die Quraisch von König Nadschaschi die ausgewanderten Muslime nicht zur Herausgabe beschwichtigen konnte, wurde im Jahr 616 n.Chr. ein Boykott verhangen.
Mit einem Stück Pergament wurde an der Kaaba ein Verbot zum Beschluss.
Verboten wurde die Heirat in die Familie der Bani Haschim und der Bani Abdul Muttalib, verboten wurde der Handel mit den Familien.

Die Bani Haschim siedelten sich auf Abu Talibs Rat hin außerhalb von Mekka an. Dort drohten sie zu verhungern.
Drei Jahre lang sollte der Boykott dauern.
Fünf Männer taten sich schließlich zusammen, um den Boykott zu beenden. Die Urkunde wurde inzwischen von Termiten zerfressen, was den Vertrag ungültig machte. Die einzigen Worte, die von ihm übrig blieben waren: "Bismikaallahumma"(In deinem Namen, O Allah)."

Einige Muslime kamen aus Abessinien zurück. Uthman und Ruqaya waren auch dabei. Später wanderten sie erneut aus. Diesmal nach Yathrib, ins spätere Medina.

Es wurde das Gerücht verbreitet, dass die Mekkaner recht geleitet wurden und den Götzendienst an der Kaaba aufgegeben hatten.
Die Ruhe sollte ein Jahr anhalten, danach kam ein großes Unglück über Muhammad, Friede und Segen auf ihn.

Abu Talib wurde krank und lag im Sterben. Muhammad, Friede und Segen auf ihn, liebte ihn sehr. Er war zwar sein Onkel, aber wie der Vater, den er nie gehabt hatte und sein größter Beschützer. Ein armer Mann, der nur durch seine gesellschaftliche Stellung mächtig war. Muhammad, Friede und Segen auf ihn, trat an sein Lager und bat ihn als letzten Satz den Treueid auszusprechen, um ihn vor dem Höllenfeuer zu retten. Die Männer der Quraisch störten ihn jedoch. Zu ihnen gehörten Abu Sufyan, Umayya, Abu Dschahl, Utba und Schayba.
So starb Abu Talib als Götzendiener (arab. Muschrik).
Kurz darauf starb auch Chadidscha. Sie war die erste Frau, der Muhammad, Friede und Segen auf ihn, das Paradies versprach.

Für Muhammad, Friede und Segen auf ihn, begann eine Zeit der großen Trauer. Er verlor den Schutz seines Onkels und die Liebe seiner geliebten Frau Chadidscha. Die Quraisch verloren gänzlich den Respekt.
Niemand dachte daran, dass Muhammad, Friede und Segen auf ihn, überhaupt noch einmal heiraten würde.
Man nannte diese Zeit auch " Das Jahr der Trauer".

Eine Gefährtin schlug Muhammad, Friede und Segen auf ihn, vor doch zu heiraten. Es ging um Sauda. Sie wanderte damals mit nach Abessinien aus. Bei ihrer Rückkehr nach Mekka starb ihr Mann. Sie war etwas älter als Chadidscha, gutherzig und fröhlich.
Beide heirateten. Sie war ihm eine gute Unterstützung bei der Erziehung seiner Töchter und Sauda war froh durch Muhammad, Friede und Segen auf ihn, geschützt zu sein.

Nun versuchte Muhammad, Friede und Segen auf ihn, den Islam in Taif zu verbreiten. Der Aberglaube an den Götzendienst war hier noch größer als in Mekka, so dass man ihn mit Steinen beschmiss. Unterwegs zurück nach Mekka traf er Mut`im bin Adiyy, der ihm Schutz gewährte und ihn mit seinen Söhnen und bewaffnet nach Mekka brachte. Mut`im mußte schwören Muhammad, Friede und Segen auf ihn, nur zu beschützen und nicht seinen Glauben angenommen zu haben.

In Mekka zurück war die Situation bald unerträglich. Abu Bakr verließ Mekka. Er wurde von den Quraisch bedrängt und gequält. Etwas später kam er jedoch zurück, da ihm Schutz gewährt wurde, würde er aufhören den Quran öffentlich zu rezitieren und zu beten. Er verzichtete sofort auf den Schutz, als man ihn darauf ansprach.

Im dreizehnten Jahr seiner Propheterie trat Muhammad, Friede und Segen auf ihn, die Nachtreise an. Der Engel Gabriel brachte ihm ein Reittier, den Buraq, mit dem er nach Jerusalem reiste, um in der Al Aqsa Moschee zu beten und in den Himmel aufzusteigen. Muhammad, Friede und Segen auf ihn, berichtete über dieses Ereignis wie folgt:*„ Allah offenbarte mir dann und schrieb mir vor, jeden Tag und jede Nacht fünfzig Gebete zu verrichten. Ich stieg zu Moses, Allahs Segen und Heil auf ihm, herab. Da sagte er:„Was hat Allah deiner Gemeinde vorgeschrieben? "*
Ich sagte: „ Fünfzig Gebete." Er sagte: „ Kehre zu deinem Herrn zurück und bitte ihn um eine Erleichterung. Deine Gemeinde wird bestimmt das nicht zu leisten vermögen, denn ich habe die Kinder Israels schon einer Prüfung ausgesetzt und sie erprobt." Ich kehrte dann zu meinem Herrn zurück und sagte: „ O mein Herr! Erleichtere es meiner Gemeinde." So hob er mir fünf Gebete auf. Ich kehrte zu Moses wieder und sagte: „Allah hob mir fünf Gebete auf." Er (Moses) erwiderte: „ Deine Gemeinde wird das nicht zu leisten vermögen. Kehre zu deinem Herrn zurück und bitte ihn um eine Erleichterung!" Ich hörte nicht auf, zwischen Allah, Segensreich und Erhaben sei Er, und Moses zu gehen, bis Allah sagte: „ Es sind fünf Gebete jeden Tag und jede Nacht. Jedes Gebet gleicht zehn Gebeten und das macht fünfzig Gebete. Und wer die Absicht hat, eine Wohltat auszuführen, sie aber nicht ausführt, wird ihm das als eine Wohltat niedergeschrieben. Wenn er aber die Wohltat wirklich ausführt, wird sie für ihn als zehn Wohltaten niedergeschrieben. Und wer dagegen eine schlechte Tat zu begehen beabsichtigt, sie aber nicht begeht, wird eine gute Tat niedergeschrieben. Begeht er sie aber, so wird sie für ihn nur als eine einzige schlechte Tat niedergeschrieben." Ich

stieg dann herab, bis ich bei Moses, Allahs Segen und Heil auf ihm, war und erzählte ihm (was passierte). Er sagte: „ Kehre zu deinem Herrn zurück und bitte ihn um Erleichterung." Ich sagte: „ Ich bin zu meinem Herrn mehrmals zurückgekehrt, bis ich mich vor Ihm schämte." **(Sahih Muslim)**
Als Muhammad, Friede und Segen auf ihn, zurück in Mekka war, um sich wieder schlafen zu legen, war sein Bett noch warm.
Abu Bakr war der erste, der ihm sofort glaubte, als er davon erzählte. Alle anderen glaubten ihm erst, als er erzählte wie er einer Karawane nach Syrien begegnete und deren Kamel erschrak als es sein Reittier hörte und daraufhin weglief. Muhammad, Friede und Segen auf ihn, half ihnen es wieder zu finden.
Bei dem Berge Daschnan trank er einen Wasserkrug leer und setzte den Deckel wieder drauf. Er erklärte, dass sich die Karawane zur Zeit auf dem Pass von Tan`im in der Höhe Baida befindet und das sie von einem staubfarbenen Kamel mit zwei Säcken angeführt wird. Ein Sack ist weiß, der andere schwarz.

So liefen die Leute schließlich dorthin, um dies zu überprüfen. Sie sahen das Kamel, wie er es beschrieben hatte und fanden auch den leeren Wasserkrug. Die Männer waren nun überzeugt von der Wahrhaftigkeit Muhammads, Friede und Segen auf ihn.

Durch Pilgerfahrten von Yathrib nach Mekka war Muhammad, Friede und Segen auf ihn, schon bekannt. Der Prophet wurde bereits von den Juden erwartet, wenn sie es auch missbilligten, dass er nicht aus ihren Reihen stammte.
In Mekka lebte ein junger Mann namens Mus`ab Bin Umayr. Er war sehr gebildet, gut gekleidet, von bestem Benehmen und sprachgewandt. Als seine Mutter erfuhr, dass er den Islam annahm, verstieß und enterbte sie ihn.
Dass er von nun an auf alle Annehmlichkeiten verzichten musste, störte ihn nicht. Er blieb standhaft und wurde von Muhammad, Friede und Segen auf ihn, als ersten Abgesandten nach Yathrib geschickt, um dort den Islam zu verbreiten.
Er zitierte den Quran, leitete die Muslime im Gebet und gab die

Tugenden des Islams weiter. Viele Menschen bekannten sich zum Islam.

An den Pilgerreisen nach Mekka beteiligte sich auch eine Gruppe aus Yathrib. Die Rituale endeten in Arafa. Eine Gruppe der Muslime machte sich mit Muhammad, Friede und Segen auf ihn, und seinem Onkel Abbas auf den Weg nach Aqaba. Die Gruppe aus Yathrib nahm den gleichen Weg. Beinahe zeitgleich kamen sie an. Frauen waren auch dabei.
Die Leute aus Yathrib erklärten die Zustände, nach dem Muhammad, Friede und Segen auf ihn, Mus`ab Bin Umayr nach Yathrib schickte, um dort den Islam zu verbreiten. Es entstand dadurch Frieden in der Gemeinschaft. Sie schlugen Muhammad, Friede und Segen auf ihn, vor auch nach Yathrib zu kommen, um dort ihr Anführer zu werden. Außerdem könnten seine Anhänger ihm nach Yathrib folgen und wären dort sicher. Muhammad, Friede und Segen auf ihn, willigte ein. Bara, einer der Männer, schwor bei Gott, ihn mit seinen Männern zu beschützen, ihm zu dienen und die Treue zu halten. Muhammad, Friede und Segen auf ihn, schüttelte jedem der Männer die Hand . Alle schworen ihm die Treue, auch die Frauen. Von ihnen lehnte er aber das Schwert ab, im Notfall auch zu kämpfen.
Dieses Ereignis nannte man den Treueid von Aqaba und wurde insgesamt drei Mal am gleichen Ort bestätigt. Mus`ab Bin Umayr wurde bereits nach dem ersten Treffen nach Yathrib geschickt.

Die Muslime erfuhren, dass das Leben in Yathrib friedlich war. Sie konnten ihren Glauben dort frei leben.
So beschlossen viele Muslime Mekka zu verlassen.
Den Quraisch missfiel das sehr. Sie hielten die Muslime von der Abreise ab, in dem sie sie vor der Wahl des Verlustes ihrer Habe stellten. Die Muslime mussten alles zurück lassen. Manche von ihnen wurden gefoltert und gaben zum Schein den Islam auf. Ehepaare wurden getrennt, in dem man den einen abreisen ließ und den anderen daran hinderte.
Hamza, Zaid und Umar verließen Mekka. Abu Bakr und Muhammad, Friede und Segen auf ihn, blieben dort. Da Abu Bakr

sehr auf die Abreise mit Muhammad, Friede und Segen auf ihn, hoffte, kaufte er zwei Kamele, um sie für die Reise vorzubereiten.

In dieser Zeit planten die Quraisch ein neues Attentat auf Muhammad, Friede und Segen auf ihn. Sie verabredeten, ihn nachts gemeinsam in seinem Bett zu erstechen. So wollten sie verhindern, dass die Blutrache über nur eine Familie verhängt würde. Der Engel Gabriel warnte Muhammad, Friede und Segen auf ihn, jedoch und erteilte ihm gleichzeitig die Erlaubnis zur Auswanderung.

Muhammad, Friede und Segen auf ihn, bat Ali als Ersatz für ihn in seinem Bett zu schlafen und beauftragte ihn, nachdem er weg war, alle bei ihm gelagerten Wertsachen der Quraisch zurück zu geben.

Kurz bevor Muhammad, Friede und Segen auf ihn, und Abu Bakr abreisten, blies er Sand auf die Köpfe der Quraisch und verdunkelte so ihre Blicke. So bekam niemand mit, dass sie verschwanden. Als die Quraisch dann Ali in seinem Bett fanden, wunderten sie sich sehr.

Muhammad, Friede und Segen auf ihn, reiste in Wehmut ab und erklärte: „ Auf Allahs Erden bist Du mir und Allah der meist geliebte Ort. Hätte mein Volk mich nicht verbannt, hätte ich dich nicht verlassen."

Ein Schäfer namens Amir folgte ihnen mit seiner Herde und verwischte ihre Spuren. Die erste Rast war auf dem Berg Thaur in einer Höhle. Asma und Abdullah, die Kinder Abu Bakrs, brachten ihnen dorthin zu essen.
Inzwischen wurde für Muhammad, Friede und Segen auf ihn, eine Belohnung von einhundert Kamelen ausgesetzt. Er sollte tot oder lebendig gefunden werden.
So machten sich viele Verfolger auf den Weg. Eine Gruppe kam fast bis vor den Höhleneingang. Abu Bakr bekam große Angst.
Muhammad, Friede und Segen auf ihn, beruhigte ihn mit den Worten:„Was hältst du von zweien, bei denen Allah der Dritte ist?"

Die Verfolger waren jedoch zu müde und da weit und breit keine Spuren zusehen waren, ritten sie einfach weiter, ohne in die Höhle zu schauen.

Den ersten Halt machten sie in dem Dorf Quba. Da Abu Bakr etwas jünger als Muhammad, Friede und Segen auf ihn, war, hielt man ihn zuerst für den Propheten. Ali reiste ihnen dorthin hinterher.
In Quba setzte Muhammad, Friede und Segen auf ihn, das Fundament für die erste Moschee.

Nach der Hidschra
(Die medinensische Zeit)

Es war das Jahr 622 n. Chr. als Muhammad, Friede und Segen auf ihn, und Abu Bakr in Yathrib ankamen. Die Bewohner erwarteten beide mit großer Freude. Von nun an nannte man Yathrib nur noch Medina- die Stadt des Propheten.
Als Muhammmad drei Tage in der Stadt war, befreite er den Sklaven Salman, in dem er ihm die Mittel zur Verfügung stellte, die Salman bei seinem Besitzer erfolgreich verhandeln konnte. Muhammad, Friede und Segen auf ihn, setzte 300 junge Dattelpflanzen und gab als Ersatz für die abgemachten vierzig Unzen Silber, ein hühnereigroßes Goldstück, welches er zuvor als Geschenk bekommen hatte.
Salman al Farisi, der Perser, wurde daraufhin Muslim. Ursprünglich war er ein Feueranbeter, wurde dann aber Christ. Sein Vater sperrte ihn ein, als Salman ihm davon erzählte. Er floh nach Syrien und trat in den Dienst eines Bischoffs. Kurz vor seinem Tod erzählte er Salman von der Ankunft eines neuen Propheten in Arabien. Als er sich dann einer Handelskarawane anschloss, um den Propheten aufzusuchen, wurde er versklavt.

Um nun den Standort einer Moschee zu ermitteln, gab er dafür den Sitzplatz seiner Kamelstute Qaswa an und kaufte das Grundstück von zwei Waisenkindern ab. Er beteiligte sich selbst am Bau. Es war seine Moschee und man nannte sie " Die Moschee des Propheten". Neben dran wohnte er gleich.

Diese Zeit war der Beginn der islamischen Zeitrechnung " Die Auswanderung" (arab. Hidschra). Das Fasten zu Ramadan wurde Pflicht und die Armenabgabe (arab. Zakat) wurde eingeführt. Jeder Muslim sollte einen Teil seines Vermögens , als denn er dann dazu in der Lage war, an die Bedürftigen abgeben. Die Auswanderer (arab. Muhadschirun) verbündeten sich mit den Helfern (arab. Ansar) aus Medina.

Muhammad, Friede und Segen auf ihn, schickte Zaid um Sauda, Umm Kulthum und Fatima aus Mekka zu holen. Zaid brachte auch seine Frau Baraka und seinen Sohn Usama mit.
Abu Bakrs Kinder und seine Frau Umm Ruhmann kamen auch bald nach.

Um der Freundschaft mit Abu Bakr eine familiäre Beziehung zu geben, heiratete Muhammad, Friede und Segen auf ihn, Abu Bakrs Tochter Aischa. Aischa war noch ein junges Mädchen. Sie mochte Muhammad, Friede und Segen auf ihn, sehr und bewunderte ihn. Es war ihr eine sehr große Ehre neben Sauda seine Frau zu sein. Sauda verzichtete gerne zugunsten Aischas auf gleiche Aufmerksamkeit und Zuwendung durch den Propheten.
Muhammad, Friede und Segen auf ihn, schätzte Aischa wegen ihrer Intelligenz und ihrer guten Auffassungsgabe. Sie konnte sich schnell etwas merken und glänzte in Vorbildlichkeit ihrer weiblichen Tugenden. Muhammads, Friede und Segen auf ihn, Frauen waren die "Mütter der Gläubigen" und dienen heute noch jedem Muslim als Vorbild.

Da es schon viele Muslime in Medina gab, war es leicht für Muhammad, Friede und Segen auf ihn, die islamischen Tugenden weiter zu geben. Es lebten aber auch viele Juden in Medina.

Damit die Religionsgemeinschaften friedlich neben einander leben konnten, wurde "Der Vertrag von Medina" beschlossen. Der Prophet setzte, bevor er etwas verfasste, immer die Worte " Im Namen Allahs des Allerbarmers, des Barmherzigen " (arab. Bismillahi alrahmani alrahim) an erster Stelle. Da die Juden diesen Ausdruck jedoch nicht kannten und er sonst unnötig Gerede verursachen würde, verzichtete er um des Friedenswillen darauf. So wurde beschlossen, das die Juden gleichberechtigt den Muslimen in der Ausübung ihrer Religion waren und jeder im Sinne des Allgemeinwohl seinen Gesetzen unterlag. Anfeindungen von Religion zu Religion waren verboten. Wollte eine Familie Medina verlassen, musste sie sich bei Muhammad, Friede und Segen auf ihn, abmelden.

Es gab aber auch viel Neid untereinander. Juden, die zum Islam übertraten wurden nicht mehr von ihren Familien akzeptiert. Einige Juden bekannten sich falsch zum Islam, um unter den Muslimen Zwietracht zu säen. Man nannte sie die Heuchler (arab. Munafikun).

Da man durch die Moschee des Propheten einen Gebetsraum und einen Raum hatte, um die Freitagspredigten zu halten und die Muslime den Islam zu unterrichten, war es an der Zeit, die Muslime zu den Gebetszeiten in die Moschee zu rufen.
Abdullah Bin Zaid hatte einen Traum, in dem man die Worte des Gebetsrufes fand. Der ehemalige Sklave Bilal bekam die große Ehre den Gebetsruf (arab. Adhan) auszurufen.

Bilal rief von einem hohen Haus, nahe der Moschee des Propheten:

Allahu Akbar (Allah ist größer 4x)

Aschhadu an la illaha ill Allah
(Ich bezeuge, das es keinen Gott außer Gott gibt 2x)

Aschahadu anna Muhammadan rasulullah
(Ich bezeuge, das Muhammad sein Diener und Gesandter ist 2x)

Hayya alas Salat (komm her zum Gebet 2x)

Hayya alal Falah (komm her zum Erfolg 2x)

Allahu Akbar (Allah ist größer 2x)

la illaha illa Allah (es gibt keinen Gott außer Allah)

Zum Frühgebet fügte er noch an den Schluss:

Al salat chairun min al Naum (Das Gebet ist besser als der Schlaf)

Es vergingen zwei Jahre. Den Quraisch in Mekka missviel die

wachsende Macht der Muslime in Medina sehr. Durch eine Offenbarung erhielt Muhammad, Friede und Segen auf ihn, nun die Erlaubnis zu kämpfen.

„Erlaubnis (zum Kampf) ist denjenigen gegeben, die bekämpft werden, weil ihnen ja unrecht zugefügt wurde- und Allah hat wahrlich die Macht, ihnen zu helfen."
(Quran 22:39)

Inzwischen packten die Quraisch die enteigneten Sachen zusammen, in der Absicht sie in Syrien zu verkaufen. Auf dem Rückweg nach Mekka, kamen sie an Medina vorbei. Die Muslime planten sie zu überfallen, um ein Teil der Güter als Ersatz für die enteigneten Gegenstände nach ihrer Auswanderung zurück zu erobern.

In dieser Zeit starb Ruqaya in Medina an einer Krankheit. Da Uthman bin Affan nun Witwer war, heiratete er Umm Kulthum. Uthman wurde auch " Besitzer zweier Lichter" (arab. Dhu- n Nurain) genannt. Er war der einzige Mann, der zwei der Töchter Muhammads, Friede und Segen auf ihn, heiratete.

Abu Sufyan war der Führer des Trupps. Nachdem er die Nachricht über das Vorhaben der Muslime durch einen Erkundungstrupp erfuhr, ritt er mit seiner Karawane einen Umweg und kam sicher in Mekka an.
Inzwischen mobilisierten sich die Quraisch gegen die Muslime. Muhammad, Friede und Segen auf ihn, ritt ihnen mit seiner Armee entgegen. Sie trafen sich an dem Brunnen von Badr, einer wichtigen Marktgegend.
Als zwei Sklaven kamen um Wasser zu holen, fragte Muhammad, Friede und Segen auf ihn, sie, wie viel Männer die Quraisch waren. Die Sklaven waren dessen jedoch unachtsam gewesen und konnten nicht antworten. Daher fragte Muhammad, Friede und Segen auf ihn, sie wie viel Kamele sie täglich schlachteten. Sie sagten es wären zehn. So wusste Muhammad, Friede und Segen auf ihn, das er mit neunhundert oder tausend Gegnern zu rechnen hatte. Seine eigene

Armee führte gerade mal siebzig Kamele mit.
Trotz der Übermacht der Gegner schliefen die Männer Muhammads, Friede und Segen auf ihn, gut. Gott schickte ihnen einen ruhigen Schlaf.

Am nächsten Morgen postierten sich die Quraisch oberhalb eines Hügels, um zu schauen, ob die Muslime Verstärkung hatten. Es war niemand da. Die Quraisch waren in deutlicher Übermacht.
Muhammad, Friede und Segen auf ihn, erhielt eine Botschaft von Gott, dass die Engel ihnen beistehen würden.
Hamza und Ali kämpften an vorderer Front. Es wurde mit Pfeil und Bogen und Schwertern gekämpft. Familien kämpften gegeneinander.
Innerhalb des Kampfes durchdrang mächtiges Gewieher durch die Menge und Männer auf weißen Pferden in weißer Kleidung stießen dem Kampf hinzu. Die Quraisch waren so erschrocken dadurch, dass sie das Schlachtfeld fluchtartig verließen. Muhammads, Friede und Segen auf ihn, Armee verlor vierzehn Männer, siebzig Männer wurden gefangen genommen und beinahe genauso viel getötet.

Muhammad, Friede und Segen auf ihn, Abu Bakr und Umar berieten sich um das weitere Verfahren mit den Gefangenen und so entschieden sie sich, alle gegen ein Lösegeld freizulassen.
Gott tadelte Muhammad, Friede und Segen auf ihn.

„Es steht keinem Propheten zu Gefangene zu haben, bis er (den Feind) überall im Land schwer nieder gekämpft hat. Ihr wollt Glückgüter des Diesseitigen, aber Allah will das Jenseits. Allah ist der Allmächtige, Allweise.
Wenn nicht von Allah eine früher ergangene Bestimmung wäre, würde er euch für das, was ihr genommen habt, wahrlich gewaltige Strafe widerfahren."
(Quran 8:67-68)

Kurz bevor Muhammad, Friede und Segen auf ihn, wieder in Medina war, trafen auch die Gefangenen ein. Muhammad, Friede und Segen auf ihn, verteilt sie an die Gefährten und trug ihnen auf sie gut zu

behandeln und zu versorgen.
Ali und Fatima heirateten. Ali tauschte für die Brautgabe Fatimas einen Schild auf dem Markt aus und bekam dafür 400 Dirham. Muhammad, Friede und Segen auf ihn, trug Ali auf dafür etwas für ihren Hausstand zu kaufen. Ali kaufte dafür ein Bett, ein Kissen aus getrockneten Datttelpalmenblättern, ein Teller, ein Glas, einen Wassersack und einen Schleifstein. Man nannte Ali auch „Der Löwe Allahs" und Fatima " Zahra" (die Blume). Sie bekamen später drei Söhne. Al- Hasan, Al- Husain und Muhassin. Muhassin starb als er noch ein Kleinkind war. Und zwei Mädchen- Umm Kulthum und Zaynab.
Ali war einer der Schreiber Muhammads, Friede und Segen auf ihn. Er schrieb Teile aus dem Quran auf und versandte Briefe, die Muhammad, Friede und Segen auf ihn, für ihn diktierte.

Abu Sufyan verbot nach den Gefangenen zu fragen und um ihre Freilassung zu bitten. Den Quraisch wurde verboten um ihre Toten zu weinen.
Amr, der Sohn Abu Sufyan, war auch unter den Gefangenen. Abu Sufyan entführte einen alten schwachen Mann und erpresste ihn bei Muhammad, Friede und Segen auf ihn, gegen ihn aus. Muhammad, Friede und Segen auf ihn, gab Amr frei.

Zaynab schickte die Kette Chadidschas um ihren Mann Abul- As frei zu kaufen. Muhammad, Friede und Segen auf ihn, erklärte Abul- As, er solle Zaynab erlauben nach Medina zu reisen und ihre Tochter Umama mitnehmen. Zaynab war zu diesem Zeitpunkt schwanger. Gemeinsam mit ihrem Schwager Kanina verließ sie Mekka. Als die Quraisch dies merkten verfolgten sie beide. Habbar zielte mit einem Schwert auf Zaynab und ihre Tochter. Zaynabs Kamel erschrak und sie fiel aus des Sänfte. Sie erlitte dabei eine Fehlgeburt.

Durch den Sieg in Badr kamen viele Menschen nach Medina. Da sie nicht mehr zurück in ihre Heimat konnten, teilte Muhammad, Friede und Segen auf ihn, mit ihnen sein Essen und gab ihnen als Unterkunft seine Moschee.

Abu Sufyan forderte die Götzendiener auf, die Toten zu rächen, seine Frau Hind hetzte die Leute gegen Muhammad, Friede und Segen auf ihn, auf.
Einer muslimischen Frau wurde von einem Juden das Kopftuch vom Kopf gerissen, in dem er es an einem Dorn an der Wand festband. Als sie aufstand riss sich das Kopftuch runter und sie stand entblößt und beschämt da. Es begann ein großer Streit. Der Attentäter wurde getötet und der Mörder des Attentäters auch. Muhammad, Friede und Segen auf ihn, erinnerte an das Friedensabkommen, wurde aber verhöhnt. Die Familie des Attentäters wurde aus der Stadt verwiesen. Nach einem Jahr packte Abu Sufyan der Gram über die Niederlage von Badr. Er ritt mit einem schwer bewaffneten Trupp aus, um sich zu rächen. In Al- Uraid tötete er einen von Muhammads, Friede und Segen auf ihn, Helfern (arab. Ansar) und einen Bundesgenossen. Als Muhammad, Friede und Segen auf ihn, dies erfuhr, ritt er ihnen nach. Abu Sufyan bekam es mit der Angst und verließ das Feld fluchtartig. Er ließ den Weizenbrei einfach liegen.
Der Feldzug wurde später als der " Weizenbrei- Feldzug" betitelt.
Abu Sufyan dachte, er könnte mit dem Mord seinen Stolz wieder herstellen, erntete aber Spott.

Nach dieser Niederlage begehrten die Quraisch erneut einen Angriff auf Medina. Die Frauen sollten mit in den Kampf ziehen.
Hind war mit dabei, um ihren in Badr getöteten Vater zu rächen. Sie beauftragte Wahschi, einen abessinischen Krieger und Sklaven, Hamza umzubringen. Sie versprach ihm Freiheit und reichen Lohn. Abbas Bin Abdul Mutalib, der Onkel Muhammads, Friede und Segen auf ihn, schrieb einen Brief an Muhammad, Friede und Segen auf ihn, um ihm von dem Plan und der Gegnerzahl zu unterrichten.

Muhammad, Friede und Segen auf ihn, verließ als dann mit einer Armee von tausend Mann Medina. Sie übernachteten in Uhud. Ibn Salul, einer der Heuchler (arab. Munafik) zog Muhammad, Friede und Segen auf ihn, dreihundert Mann ab, um Unruhe zu stiften. Muhammad, Friede und Segen auf ihn, stellte fünfzig Schützen auf den Hang und befahl ihnen erst zu kommen, wenn er sie um Hilfe

rief.
Der Kampf begann.
Einige Gegner der Muslime trugen Banner. Es waren Todesbinden. Sie symbolisierten den Kampf ohne Aufgabe bis zum Tode. Abu Dudschana traf auf Hind. Ihm war aber ein Schlag auf eine Frau zu wider. Er erklärte, dass ein Schwert zu edel sei, um damit eine Frau zu töten.
Wahschi fand Hamza und schleuderte ihm von weitem einen Speer in den Unterleib. So starb Hamza " Der Löwe Allas und seines Gesandten" als " Der Herr der Märtyrer" in der Schlacht von Uhud. Hamza galt als einer der tapfersten Krieger.
Als die Muslime die Bannerträger getötet hatten, verließen die Mekkaner das Schlachtfeld. Dreitausend Reiter der Quraisch wurden bei dieser Schlacht von den Muslimen gesprengt.
Als die Männer auf den Hügeln das sahen, verließen sie ihren Stand, um aus Habgier nach der Beute zu greifen. Die Quraisch merkten dies und der Kampf begann erneut.
Muhammad, Friede und Segen auf ihn, wurde durch einen Stein verletzt und brach sich einen Schneidezahn ab. Er stürzte zu Boden. So breitete sich das Gerücht über seinen Tod aus.

Abu Bakr, Mus`ab Bin Umayr, Ali und Dudschana kämpften sich zu Muhammad, Friede und Segen auf ihn, vor. Mus ab bin Umayr, der bereits den Beinamen „Al Chair" (der Vorzügliche) hatte, wurde als Bannerträger des Propheten getötet und starb ebenfalls als Märtyrer. Abu Sufyan erklärte, dass es Verstümmelungen an den getöteten Muslimen gab. „Im nächsten Jahr ist der Treffpunkt in Badr", sagte er.

So fand Muhammad, Friede und Segen auf ihn, seinen Onkel Hamza getötet und mit offenem Bauch auf dem Schlachtfeld.
Hind hatte ihm die Leber herausgeschnitten, sie gekaut und ausgespien.

Gott entsandte für Muhammad, Friede und Segen auf ihn, dazu einen Vers, der ihn sehr beruhigte:

„Wenn ihr straft, so straft im gleichen Maße, mit dem ihr gestraft wurdet; und wenn ihr Geduld zeigt, so ist dies besser für die Geduldigen.
Und gedulde dich und deine Geduld kommt nur von Allah, und betrüb dich nicht über sie und seid nicht bedrückt obdessen, was sie aushecken."
(Quran 16:126-127)

Es wurden 65 Muslime getötet, sowohl Auswanderer als auch Helfer und 22 Ungläubige der Kämpfer der Quraisch.

Umar Bin Al- Chattab suchte für seine Tochter Hafsa, deren Mann in Medina nach der Schlacht von Uhud starb, einen Mann. Sie war lange Zeit deswegen in Trauer und er konnte sich ihr Leid nicht mehr mit ansehen. Muhammad, Friede und Segen auf ihn, hatte sie bereits erwähnt, was Umar jedoch nicht ahnte.
So fragte er Abu Bakr, der ablehnte. Dann ging er zu Uthman Bin Affan. Uthman lehnte nach kurzer Bedenkzeit auch ab.
So ging Umar zu Muhammad, Friede und Segen auf ihn, um sich über Abu Bakr und Uthman zu beschweren.

Daraufhin erklärte Muhammad, Friede und Segen auf ihn, dass er gerne Hafsa heiraten wolle. Er wollte so Umar an seine Familie binden.
Umar war ihm ein guter Freund und Begleiter und kämpfte bereits in allen Schlachten mit.
Abu Bakr und Uthman wussten um Muhammads, Friede und Segen auf ihn, Vorhaben und gelobten ihm davor schon Stillschweigen zu halten. Darum lehnten sie das Ehegesuch ab.
Es wurde geheiratet.
Aischa und Sauda waren verständlich und einverstanden.

Um einen Streit in dem jüdischen Stamm Bani Al Nadir zu schlichten, besuchte Muhammad, Friede und Segen auf ihn, diese. Die Juden verabredeten von einem Dach aus einen Stein auf ihn zu werfen. Amr Bin Dschinas erklärte sich dazu bereit. Abu Bakr, Ali und Umar begeleiteten ihn zu dem Besuch. Der Engel Gabriel warnte Muhammad, Friede und Segen auf ihn, jedoch, so dass er von seinem Platz weg ging.

Muhammad, Friede und Segen auf ihn, verwies die Familie mit ihrer Habe aus Medina. Sie gingen nach Chaibar, wo sie weitere Pläne für Angriffe schmiedeten. Von dort aus reisten sie nach Mekka mit Stämmen der Juden und hetzten dort die Quraisch auf. Da Muhammad, Friede und Segen auf ihn, Kundschafter entsandte, die die Pläne der Nachbarstämme kontrollierten, erfuhr er bald von dem Vorhaben.

So kam es im Jahr 627 n.Chr., dass sich eine Streitmacht von zehntausend Mann Richtung Medina bewegte. Abu Sufyan führte die Quraisch an. Die Bani Ghatafan wurden von Uyayna Bin Hasin angeführt.

Salman der Perser schlug Muhammad, Friede und Segen auf ihn, vor einen riesigen Graben um die Stadt herum zu graben. Sie hatten eine Woche Zeit dazu. Jeder half mit. Man nannte diese Schlacht auch "Die Grabenschlacht".

Um die Ernte zu sichern, holten sie den gesamten Feldertrag ein. Da es auch hohe Mauern und Felsen gab, konnten sie einige Teile aussparen. Zwei große Felsen zerbrach Muhammad, Friede und Segen auf ihn, in dem er ihn mit Wasser besprengte und ihn dann mit einer Hacke bearbeitete.

Er sprach dabei Gebete, um Gott um Hilfe zu bitten.

Muhammad, Friede und Segen auf ihn, richtete sich mit dreitausend Leuten ein Lager vor der Stadt ein. Kinder und Frauen blieben in der Festung.

Als Abu Sufyan, Chalid, Ikrima und Amr anreiteten, waren sie froh das das Lager vor der Stadt und nicht hinter ihnen zu sehen war. Kurz darauf erblickten sie den Graben. Pfeile wurden auf sie geschossen und sie mussten zurück weichen. Die Bani Qurayda blockierten den Eingang der Stadt.

Ein Mann der Bani Al Nadir überredete sie das Tor zu öffnen. Sie
versprachen reiche Beute und Vorteile.
So wurde der Vertrag von Medina gebrochen.
Fast einen Monat harrte der Prophet mit seinen Gefährten vor der
Mauer aus. Einige Männer erreichten doch den Graben und
erklommen ihn mühsam.
Die Bani Qurayda griffen innerhalb der Festung die Frauen an.
Safiya, Muhammads, Friede und Segen auf ihn, Tante, war auch dort.
Sie kämpfte bereits in Uhud mit. Sie tötete mit einem Zeilpfahl einen
der Männer. Die Bani Qurayda dachten daher, dass Männer in der
Festung waren.
Nu`aim Bin Masud, der heimlich Muslim geworden war, aber noch
mit den Gegnern kämpfte, ging zu Muhammad, Friede und Segen auf
ihn, um ihm seine Hilfe anzubieten. Muhammad, Friede und Segen
auf ihn, schickte ihn aus, um durch Gerede Zwietracht unter den
Gegnern zu säen.
Zu Abu Sufian sagte er, dass die Bani Qurayda ihren Verrat erkannt
und bereut haben. Sie bekundeten die Treue zu Muhammad, Friede
und Segen auf ihn, und er verzieh ihnen. Sie beteuerten mit ihm
weiter kämpfen zu wollen.
Bei den Quraisch und den Bani Chatafan versuchte er eine
Heimatverbundenheit zu schüren und erklärte, dass es für Abu
Sufyan egal wäre, da er sowieso nach Mekka zurück reisen würde.
Sie sollten einige Quraisch zur Sicherheit da lassen, um sie zu
zwingen, das Feld nicht zu verlassen.
Beide Parteien hielten die Rede Nu`aims für wahr. So dass sich
keiner mehr der gemeinsamen Ausführung ihres Vorhabens sicher
war.

Da es nachts bitterkalt wurde, zog Abu Sufyan als erstes ab. Die Bani
Chatafan verließen auch das Feld.
Der Prophet erlaubte jedem seiner Männer nach Hause zu gehen.
Als Muhammad, Friede und Segen auf ihn, zu Hause war, besuchte
ihn der Engel Gabriel. Er befahl Muhammad, Friede und Segen auf
ihn, zu den Bany Qurayda zu gehen. Muhammad, Friede und Segen
auf ihn, schickte Ali mit einer islamischen Fahne voran, damit die

Männer ihm folgen sollten. Das Nachmittagsgebet sollte bis zu ihrer Ankunft verschoben werden.
Die Bani Qurayda wurden fünfundzwanzig Tage belagert. Amr Bin Suda sollte wegen seiner Treue gerettet werden, erklärte der Prophet. Die Bani Qurayda begriffen ihren Verrat. Muhammad, Friede und Segen auf ihn, beauftragte Saad Bin Mu`adh , den Anführer der Aws, das Urteil dafür festzulegen. So wurden die Männer der Bani Qurayda hingerichtet, die Kinder und Frauen gefangen genommen und der Besitz aufgeteilt.

Da die Muslime bereits kampferprobt waren, waren sie vorbereitet und konnten die Gegend um Medina gut beschützen.
Ein Trupp brachte nun nach einer Reise einen Gefangenen mit. Sein Name war Thumama. Nach einiger Zeit des Überlegens lies Muhammad, Friede und Segen auf ihn, ihn frei. Thumama nahm den Islam an und reiste zurück nach Mekka um die Besuchsfahrt (arab. Umra) zu vollziehen. Er wurde dort als Ungläubiger beschimpft und festgenommen. Kurz danach ließen die Quraisch ihn frei, da er drohte ihnen keinen Weizen mehr zu verkaufen. Zurück in seiner Heimat Yamama erteilte er dann den Befehl dazu. Die Quraisch schickten darauf hin einen Brief an Muhammad, Friede und Segen auf ihn, um ihn daran zu erinnern verwandt zu sein und baten um Barmherzigkeit.

Abul- As, der Mann Zaynabs, kam mit Handelsgütern zurück aus As-scham. In der Nähe von Medina wurden die Waren beschlagnahmt und die meisten Männer gefangen genommen. Abul-As gelang die Flucht.
Da er wusste, dass seine Frau in Medina war, besuchte er sie und seine Tochter Umama. Abul- As war kein Muslim. Die Muslime versprachen ihm, wenn er den Islam annahm, dass sie ihm die Handelsgüter der Quraisch geben würden. Er sagt aber, er wolle seinen Glauben an den Islam nicht mit Veruntreuung beginnen.
Abul- As reiste zurück nach Mekka. Dort angekommen gab er alle Güter den Eigentümer zurück. Er befragte sie um ihre Zufriedenheit seiner Ehrlichkeit. Die Quraisch bestätigten dies gerne. So nahm

Abul- As den Islam an. Er war froh, denn er hatte Angst in Medina den Glauben anzunehmen, da er befürchtete, deswegen in Mekka als unehrlich zu gelten.
Abul- As reiste zurück nach Medina. Zaynab und Umama waren sehr froh, dass er wieder zu Hause war. Muhammad, Friede und Segen auf ihn, liebte Umama sehr.
Der Prophet lehrte einen Tag die Frauen den Islam, die anderen Tage unterrichtete er die Männer. Er erteilte den Frauen Rechte, behandelte sie vorbildlich, freundlich und respektvoll.
Zwangsehen wurden verboten und aufgehoben.

Zeitgleich, als der Prophet wieder erlaubte Waren nach Mekka zu verkaufen, planten die Bani Al Mustaliq einen Angriff auf Medina. Als Muhammad, Friede und Segen auf ihn, in ihr Lager reiste, gaben sie sofort auf. Einige von den Heuchlern versuchten Zwietracht zu säen. Als Zaid Muhammad, Friede und Segen auf ihn, davon erzählte, erteilte er den Befehl sofort abzureisen. Aischa und Umm Salama waren auch dabei.
Unterwegs verlor Aischa ihre Halskette, so dass sie zurück blieb. Safwan Ibn Muattal vom Stamm der Sulaum, der auch zurück blieb, brachte Aischa nach Medina zurück. Niemand hatte Aischa vermisst. Als die Leute aber Safwan mit Aischa sahen, begannen sie über sie Lügen zu erzählen. Aus Boshaftigkeit verbreiteten einige Heuchler das Gerücht „Aischa wäre mit einem fremden Mann zurück geblieben".
Da Aischa erkrankte, erfuhr sie erst später davon. Sie war sehr traurig und verletzt. Sie liebte den Propheten, ihren Mann und besten Freund ihres Vaters, zu sehr. Niemals würde sie so etwas tun.
Gott sandte daraufhin eine Botschaft, in der er seinen Zorn über die Angelegenheit erklärte. Er bekundete, dass es niemanden zu steht, über einer ehrenwerten Frau das Wort zu erheben und sie zu verleumden. Er sprach eine Mahnung aus, dies nie wieder zu tun.
(Quran 24:11-12, 24:15-17)

Abu Bakr, der Mistah, einen der Verschwörer kannte, schwor ihm nie wieder einen Gefallen zu tun oder ihm etwas zu geben. Gott tadelte ihn.

„Und es sollen diejenigen von euch, die Überfluss und Wohlstand besitzen, nicht schwören, sie würden den Verwandten, den Armen und denjenigen, die auf Allahs Weg ausgewandert sind, nichts mehr geben, sondern sie sollen verzeihen und nachsichtig sein. Liebt ihr es (selbst) nicht, dass Allah euch vergibt? Allah ist Allvergebend und Barmherzig."
(Quran 24:22)

Aufgrund eines Traumes fasste Muhammad, Friede und Segen auf ihn, im Jahr 628 n.Chr. den Entschluss nach Mekka zu reisen. Er kaufte siebzig Kamele, um sie im Namen Allahs zu schlachten und an Bedürftige zu verteilen.

Er reiste mit seinen 700 Gefährten unbewaffnet, zog sich ein Tuch um den Unterleib und ein Tuch über die Schulter. Er wollte den Mekkanern so seine friedliche Absicht anzeigen.

Die Quraisch waren jedoch vorsichtig und schickten den Muslimen ein Heer entgegen. Sie wollten ihm den Eintritt in die Stadt verweigern.

Muhammad, Friede und Segen auf ihn, reiste einen Umweg und machte Rast in Hudaibiya.

Ein Mann von den Quraisch kam ihn dort besuchen und fragte ihn nach seinen Vorhaben. Der Prophet erklärte in Frieden zu reisen und wäre in der Absicht gekommen, die Kaaba zu besuchen.

Es folgten weitere Männer, die sich erkundigen wollten. Sie sahen wie sehr er von seinen Anhängern umgarnt wurde. Er war königlich, jedoch niemals majestetisch.

Als es Überfälle auf das Lager des Propheten gab, nahm er die Angreifer gefangen, ließ sie aber mit dem Aufruf um Frieden sofort wieder frei.

Muhammad, Friede und Segen auf ihn, schickte Uthman und Charrasch zu den Führern der Quraisch. Sie sollten ein Friedensangebot übermitteln. Uthman wurde erlaubt die Kaaba zu umrunden, lehnte es aber ohne Begleitung des Propheten ab.

Die Quraisch schickten Suhail Bin Amr um mit Muhammad, Friede und Segen auf ihn, einen Friedensvertrag abzuschließen. Unter der Bedingung dass er für dieses Jahr den Besuch abbrach und im darauf folgenden Jahr wiederkommt. Nach weiteren, langen Verhandlungen stellte man schließlich einen Vertrag auf:

Der Vertrag von Hudaibiya

- Frieden auf zehn Jahre

- die Muslime müssen dieses Mal Mekka unverrichteter Dinge verlassen, dürfen jedoch im folgenden Jahr für drei Tage in Mekka einziehen, um eine Umra zu verrichten

- allen Stämmen wird freigestellt sich für ein Bündnis mit Muhammad oder den Quraisch zu entscheiden

- die Muslime verpflichten sich Überläufer aus Mekka, die ohne Erlaubnis ihres Vormundes nach Medina kommen auszuliefern, selbst wenn sie Muslime sein sollen. Für die Mekkaner gibt es keine entsprechende Verpflichtung

Der Prophet ordnete auf Rat seiner Frau Umm Salama an, die Kamele zu schlachten und die Köpfe kahl zu rasieren. Danach reiste er zurück nach Medina
In der Mitte des Weges erhielt er von Gott eine Botschaft: *„ Gewiss wir haben dir einen deutlichen Sieg verliehen."* **(Quran 48:1)**.
Umar war sehr erleichtert über diese Worte, da er es für absurd hielt, einen Vertrag mit den Quraisch einzugehen.
In der nächsten Zeit nahmen viele Quraisch den Islam an. Da sie nicht ausreisen durften, behinderten sie Handelskarawanen.
Abu Busair gelang die Flucht nach Medina. Muhammad, Friede und Segen auf ihn, mußte ihn jedoch zurück schicken. Er wurde von zwei

Mekkanern zurückgeholt, konnte aber erneut fliehen.
Er ließ sich an der Küste des roten Meeres in der Nähe von As-Scham nieder. Viele Menschen teilten das Schicksal Abu Basair und siedelten sich mit dort an. Es waren an die siebzig Mann. Da sie sich außerhalb der Friedensregion befanden, galt für sie der Friedensvertrag nicht. So überfielen sie Karawanen, um überleben zu können.
Um dies zu beenden, baten die Quraisch Muhammad, Friede und Segen auf ihn, die Muslime aus As- Scham aufzunehmen. Die erste Hürde war überwunden. Viele Quraisch reisten frei nach Medina und wurden Muslime.

Im Jahr 629 n.Chr. planten die Bani An- Nadir und die Bani Qaynuqa, die damals von Muhammad, Friede und Segen auf ihn, aus Medina vertrieben wurden und nun in Chaibar wohnten, erneut einen Anschlag auf den Propheten. Sie waren uneinsichtig dem Friedensvertrag und wollten die Vormachtstellung der Muslime verhindern.
Die Muslime kamen ihnen jedoch zuvor und ritten mit tausendfünfhundert Mann zur Festung von Chaibar. Es gelang ihnen die Einnahme der Stadt und der Festung. Chaibar wurde unter muslimische Herrschaft gestellt. Die jüdischen Stämme wurden begnadigt und freigelassen.
Nicht lange danach heiratete Muhammad, Friede und Segen auf ihn, Safiya, die Tochter des Hujai. Sie hatte Verletzungen von den Schlägen ihres Mannes im Gesicht. Muhammad, Friede und Segen auf ihn, bot ihr die Freiheit an oder mit den Muslimen zu gehen. Sie entschied sich für Muhammad, Friede und Segen auf ihn, und eine Ehe mit ihm.

Muhammad, Friede und Segen auf ihn, ritt mit zweitausend Gefährten erneut nach Mekka, um die Umra (Besuchsfahrt) zu vollziehen. Die Mekkaner kletterten auf den Berg Abu Qubays und beobachteten von dort aus die Kaaba.
Zuerst umrundete Muhammad, Friede und Segen auf ihn, die Kaaba, danach ging er zwischen den Hügeln Safa und Marwa siebenmal hin

und her, dann schlachtete er die Opfertiere und ließ sich den Kopf rasieren.
Sie blieben drei Tage in Mekka. Abbas, der Onkel Muhammads, Friede und Segen auf ihn, ließ sich öffentlich mit ihm sehen.

Amr Bin Al- As , einer der Führer der Quraisch, hatte die Idee zum König nach Abessinien zu reisen. Er dachte sich, würde Muhammad, Friede und Segen auf ihn, über sein Volk siegen, würde er einfach dort bleiben oder andernfalls nach Mekka zurückkehren.

Er packte Geschenke für den König ein und reiste los.
Als er dort ankam, sah er einen Boten des Propheten das Schloss verlassen. Nachdem Amr dem König die Geschenke gegeben hatte, bat er ihn, ihm den Boten auszuliefern. Der König wurde sehr wütend. Er erklärte Amr die Überzeugung seines Glaubens an den Gesandten, denn er sei genauso wie Moses und Jesus ein Prophet. Er bat Amr ihm zu folgen und erklärte einer von ihnen zu sein.
Daraufhin nahm Amr den Islam an und verließ Abessinien mit einem Schiff.

Der Prophet schickte Friedensboten mit der Einladung zum Islam nach Persien, Byzanz und Syriern.
Ein Brief ging auch nach Ägypten zu dem Herrscher der Kopten Muqawqis. Er glaubte Muhammad, Friede und Segen auf ihn, lehnte seine Einladung jedoch mit einem Schreiben ab.
Muqawpis schrieb: „ Dein Bote hat mich bereits erreicht, und ich habe Dein Schreiben gelesen, und verstanden, was darin steht. Ich dachte, dass der letzte Prophet aus Großsyrien kommt, aber da er jetzt von den Arabern kommt, so glaube ich Dir. Ich kann aber auch nicht mit Dir sein. Ich schicke Dir ein Geschenk, es sind zwanzig Stück ägyptische Stoffe, Honig aus Banha und zwei Sklavinnen, Maria und Sirin, von den besten, von denen wir haben."
Beide Frauen waren christliche Sklavinnen. Die Schwestern nahmen den Islam an, als sie bei Muhammad, Friede und Segen auf ihn, in Medina eintrafen.
Muhammad, Friede und Segen auf ihn, heiratete Maria. Aus dieser

Ehe entstand ein Sohn namens Ibrahim nach dem gleichnamigen Propheten der Juden und der Christen. Maria die Koptin lebte als einzige Frau Muhammads, Friede und Segen auf ihn, außerhalb von Medina nahe einer Obstplantage in Al- Awali. Durch die Heirat verschwägerte sich Muhammad, Friede und Segen auf ihn, mit Ägypten.

Die Boten nach Syrien und Byzanz wurden umgebracht.
Um dies zu ahnden ritt eine dreitausend Mann starke Armee nach Syrien. Bei Mu´ta kam es zum Kampf gegen einhunderttausend Mann. Den Muslimen gelang der Rückzug, so dass keiner der Parteien als Sieger aus der Schlacht hervorging.

Der Islam begann sich im Irak und As- Sham auszubreiten. An der syrischen Grenze kam es erneut zum Kampf. Amr Bin Al- As konnte dem schnell ein Ende setzen.

Als ein Bote aus Syrien, Heraklios, den Kaiser von Byzanz, erreichte verlangte dieser Beweise für die Propheterie Muhammads, Friede und Segen auf ihn. So wurde ihm erzählt, dass Muhammad, Friede und Segen auf ihn, einer von den Leuten der Quraisch war, ein einfacher Mann war, immer die Wahrheit sagte, seine Abmachungen hielt und dass die Menschen, die ihm zuerst folgten Schwache, Arme, Sklaven und Frauen waren. Er trug den Menschen auf, an einen Gott zu glauben, zu beten und zu fasten, ihre Familie zu ehren und keusch zu sein.
Heraklios war überzeugt, dass Muhammad, Friede und Segen auf ihn, ein Prophet war.
Aufgrund des Vertrages von Hudaibiya kam es im Jahr 630 n.Chr. zu vielen unterschiedlichen Abkommen zwischen den Stämmen. Einige Quraisch waren jedoch gegen diesen Vertrag. Sie griffen die Verbündeten der Muslime an. Zwanzig Männer kamen dabei um. So wurde der Vertrag gebrochen und die heilige Stätte entweiht.

Amr Bin Salim ritt daraufhin zu Muhammad, Friede und Segen auf ihn, um ihm davon zu berichten. Der Prophet erklärte, dass Abu

Sufyan den Vertrag erneuern würde. Abu Sufyan ritt derweil schon nach Medina. Er besuchte zuerst seine Tochter Umm Habiba, die eine Ehefrau Muhammads, Friede und Segen auf ihn, war. Sie verweigerte ihm jedoch die Hilfe. So erkannte er, das der Friedensvertrag bereits aufgehoben war.

Nun ritt er zum Propheten, von dem er keine Antwort bekam. Er bat Abu Bakr und Umar um Hilfe, sich für ihn beim Propheten einzusetzen. Beide verweigerten sich. Auch Ali und seine Frau Fatima wollten ihm nicht helfen.
So ritt er nach Mekka ohne Ergebnis zurück. Er wurde von den Quraisch getadelt und man machte sich über ihn lächerlich.

Damit endlich Frieden herrschte, beschloss Muhammad, Friede und Segen auf ihn, nach Mekka zu ziehen. Aischa bereitete die Rüstung ihres Mannes vor, schwieg darüber jedoch gegenüber ihrem Vater. Muhammad, Friede und Segen auf ihn, befahl seinen Männern, sich vorzubereiten und Stillschweigen darüber zu halten.

Ein Muslim namens Hatib schickte heimlich mit einer nach Mekka reisenden Frau einen Brief an die Quraisch. Er wollte sie warnen und erhoffte sich dadurch seine Frau und die Kinder damit zu schützen. Der Engel Gabriel warnte Muhammad, Friede und Segen auf ihn. Er schickte Ali und Zubair ihr nachzureiten. Als sie drohten die Frau zu durchsuchen, gab sie den Brief freiwillig heraus. Sie hatte ihn unter ihrem Haar versteckt.
Umar wollte Hatib dafür den Kopf abschlagen, Muhammad, Friede und Segen auf ihn, verzieh ihm aber.

Muhammad, Friede und Segen auf ihn, ritt los. Unterwegs traf er seinen Onkel Abbas mit seiner Frau und den Kindern. Sie wollten endlich auch nach Medina auswandern, schlossen sich aber dem Trupp Muhammads, Friede und Segen auf ihn, an.

Kurz bevor sie Mekka erreichten waren sie eine Armee von zehntausend Mann. Umm Salama und Umm Kulthum begleitete ihn auf seiner Reise. Unterwegs traf er seinen Vetter Abu Sufyan Bin Al Harith und Abdullah Bin Umayr. Beide nahmen den Islam an. Sie rasteten in Merr Adharahran in der Nähe Mekkas und zündeten dort ein Lagerfeuer an.

Abu Sufyan ritt vor die Tore Mekkas und sah die gewaltigste Streitmacht, die er je gesehen hatte- weiter an Umars Lagerfeuer vorbei. Umar und Abbas machten sich sofort zum Propheten auf und berichteten ihm davon.

Abu Sufyan übernachtete bei Abbas und ging gleich am frühen Morgen zum Propheten. Muhammad, Friede und Segen auf ihn, erklärte ihm, dass es an der Zeit war zu bezeugen, dass es nur einen Gott gibt. Daraufhin sprach Abu Sufyan den Treueid aus und gelobte seine große Liebe zum Propheten. Er wurde ihm wichtiger als seine Eltern. Er liebte ihn aufgrund seiner Güte und seiner Milde, und Großzügigkeit und Liebenswürdigkeit.

Abbas bat den Propheten für ihn einzustehen. So erklärte er das Haus Abu Sufyans für sicher. Jeder, der in seinem Haus blieb, war sicher und jeder, der sich bei der Kaaba aufhielt, war sicher.

Hind geriet außer sich als sie sah, dass die Armee von Muhammad, Friede und Segen auf ihn, in Mekka einmarschierte. Er befehligte das Heer von allen Seiten in die Stadt einzudringen, er selbst nahm den direkten Weg Richtung Kaaba. Nur wenige Ungläubige stellten sich ihm in den Weg, die im Kampf umkamen. Andere flohen und versteckten sich in ihren Häusern.

Nachdem sich die Lage etwas beruhigte, umschritt Muhammad, Friede und Segen auf ihn, die Kaaba. Dabei zerstörte er an die dreihundertsechzig Götzen.

Er sprach: *„Die Wahrheit ist gekommen und das Falsche geht hin; das Falsche ist ja dazu da, um hinzugehen."* **(Quran 17:81).**

Danach ließ er sich von Uthman Bin Talha die Schlüssel zur Kaaba geben und zerstörte dort auch alle Götzen. Später gab er ihm den Schlüssel zurück, da die Sippe Uthman immer schon die Kaaba beschützte. Ali bat Muhammad, Friede und Segen auf ihn, um die Aufgabe der Pilgerbewirtung (arab. Siqaya).

Abu Bakrs blinder Vater kam zu Muhammad, Friede und Segen auf ihn, um den Islam anzunehmen, Bilal rief von der Kaaba aus den Gebetsruf aus.
Alle Mekkaner nahmen den Islam an. Unter ihnen auch Hind. Zuvor baten sie Muhammad, Friede und Segen auf ihn, für ihre vorausgegangenen Taten um Verzeihung. Muhammad, Friede und Segen auf ihn, verzieh ihnen.
Zurück in Medina erkrankte Umm Kulthum und starb.
Uthman war zum zweiten Mal Witwer geworden. Er hatte Umm Kulthum gepflegt, um ihr Leiden zu erleichtern.
Kurz danach starb auch Zaynab. Sie hatte die Verletzungen von der Fehlgeburt nie überwunden.
So blieb Muhammad, Friede und Segen auf ihn, nur eine einzige Tochter- Fatima.

Einige Quraisch wollten sich jedoch als Hüter der Götzenreligion aufstellen. So rüstete sich eine mächtige Streitmacht gegen Mekka. Die muslimische Armee zählte zwölftausend Mann.
Nach heftigen Kampf und der Belagerung der Stadt Taif, siegte die Armee Muhammads, Friede und Segen auf ihn. Weitere Quraisch nahmen den Islam an, Sklaven wurden befreit und erklärten ihren Glauben zum Islam.
Auch Wahschi, der Mörder Hamzas, nahm den Islam an. Muhammad, Friede und Segen auf ihn, verzieh ihm, bat ihn jedoch aus seinen Augen zu gehen.
Von Dschirana ritt Muhammad, Friede und Segen auf ihn, nach Mekka, um die Umra zu vollziehen. Danach reiste er zurück nach Medina.
In Tabuk sollte der letzte Kampf stattfinden. Die Byzantiner verloren jedoch den Mut, als sie die Armee Muhammads, Friede und Segen auf ihn, sahen. So blieb allen der Kampf in großer Hitze erspart.

Kurz danach wurde Ibrahim, der Sohn Muhammads, Friede und Segen auf ihn, sehr krank. Es war absehbar, dass er sterben würde. Der Kleine war noch nicht einmal zwei Jahre alt und Muhammad, Friede und Segen auf ihn, war sehr traurig, zumal er seine ersten beiden Söhne schon früh verloren hatte. Dieses Ereignis wurde von einer Sonnenfinsternis begleitet. Jeder brachte sofort den Tod des kleinen Jungen damit in Verbindung. Muhammad, Friede und Segen auf ihn, sagte aber: „ Wahrlich, die Sonne und der Mond werden nicht finster wegen dem Tod eines Menschen. Wenn ihr so etwas erlebt, dann betet und bittet, bis dies vorüber ist."

Im zehnten Jahr nach der Auswanderung beschloss Muhammad, Friede und Segen auf ihn, das letzte Mal die große Pilgerfahrt (arab. Hadsch) anzutreten.

Dreißigtausend Mann begleiteten Muhammad, Friede und Segen auf ihn, mit ihren Familien. Auch Aischa war mit dabei. Muhammad, Friede und Segen auf ihn, vollzog die Pilgerriten in Mekka, verbrachte drei Tage in Mina und ritt schließlich zur Ebene Arafa. Hier hielt er seine Abschiedspredigt:

„Bitte denkt daran, dass ich vielleicht nicht wieder hierher zurück komme. Euer Besitz und Euer Blut ist unantastbar. Vergesst nicht eines Tages werdet ihr Allah gegenüber stehen.

Der Zins ist verboten, sowie die Blutrache, kein Volk steht über einem anderen Volk, keine Weißer ist besser als ein Schwarzer.

Die Frauen haben ein gewisses Recht über den Männern und die Männer haben ein gewisses Recht über die Frauen, begeht keinen Ehebruch, behandelt die Frauen gütig.
Schulden müssen zurück bezahlt werden und Geliehenes zurück gegeben werden, der Pfand soll dem zurück gegeben werden, von dem es euch anvertraut wurde.
Kein Vater trägt die Schuld seines Sohnes, kein Sohn trägt die Schuld seines Vaters, die Muslime sind untereinander Brüder. Nichts was dem Bruder gehört, ist Euch erlaubt, es sei denn er gibt es freiwillig.

Haltet fest an dem Buch Allahs und an meiner Sunna.

Und vergesst nicht allen von dieser Rede zu erzählen."

Danach zitierte er den letzten offenbarten Satz:

„Heute habe ich euren Glauben für euch vollendet und habe meine Gnade an euch erfüllt. Und es ist mein Wille, dass der Islam zu eurer Religion wird."(Quran 5:3)

Er steinigte symbolisch den Teufel und ließ sich das Haar scheren.

Muhammad, Friede und Segen auf ihn, reiste zurück nach Medina. Zwei Monate später erkrankte er und bereits nach elf Tagen war er zu schwach das Gebet zu führen. So bat er Abu Bakr dies zu übernehmen.
In dieser letzten Zeit war er am liebsten mit Aischa zusammen. Fatima und seine Ehefrauen besuchten ihn auch sehr oft.
Muhammad, Friede und Segen auf ihn, flüsterte Fatima leise zu, dass der Engel Gabriel ihm jedes Jahr den Quran einmal vorlas, es dieses Jahr aber zweimal tat. Er sagte, dass es bedeutet, dass er bald sterben würde. Aber er hatte auch eine gute Nachricht für sie. Er sagte, sie würde als erstes nach ihm ins Jenseits eintreten. Fatima weinte zuerst und schaute ihn dann lächelnd und voller Liebe und Dankbarkeit an.

Ein paar Tage vor seinem Tod schaffte er es noch einmal mit Abu Bakr in seiner Moschee zu beten.
Muhammad, Friede und Segen auf ihn, starb in den Armen Aischas im Jahr 632 n. Chr.
Als Abu Bakr die Gemeinschaft in der Prophetenmoschee davon unterrichtete, zitierte er folgendes: *„Und Muhammad ist nur ein Gesandter, dem schon Gesandte vorausgegangen sind. Wenn er nun stirbt oder getötet wird, werdet ihr Euch dann von den Fersen umkehren? Und wer sich auf den Fersen umkehrt, wird Allah keinerlei Schaden zu fügen. Aber Allah wird es den Dankbaren vergelten."* **(Quran 3 : 144).**
Er sagte: „Oh Ihr Menschen, wer Muhammad verehrt hat: Muhammad ist nun gestorben; und wer auch immer Allah gedient

hat, Allah ist lebendig und stirbt nicht!"

Muhammad, Friede und Segen auf ihn, wurde in seinem Haus, neben seiner Moschee, zwei Tage später begraben. Fatima starb etwa sechs Monate danach.

Nachwort

Der Prophet hinterließ nach seinem Tod zwei Grundlagen. Das war zum einen seine Sunna, seine Worte und Taten und stillschweigenden Billigungen, und zum anderen den Quran. Alles was er besaß kam der Allgemeinheit zu Gute. Propheten haben nie je den Menschen etwas hinterlassen. Aus diesem Grund gab es auch kein Testament von ihm, gleichwohl er dieses den Menschen zur Pflicht aufgab.
Den Quran, das wahre Wort Gottes, gab es zu seiner Zeit noch nicht als Buch, sondern alles wurde auf verschiedenen Materialen festgehalten und auswendig gelernt. Der Prophet selber legte bereits zu Lebzeiten die Anordnung der Verse fest. Viele Menschen kannten den Quran auswendig.
So sind der Quran und die Sunna das Leitbild der Muslime, zur gleichzeitigen Verfügung an alle Menschen- den Andersgläubigen. Wobei der Quran zu bestimmten Anlässen seines Lebens innerhalb von 23 Jahren herab gesandt wurde. Die Sunna ist ausführlicher als der Quran und bestätigt und erweitert ihn.
Manchmal ging es um Glaubensangelegenheiten, Gesetze, Prophetengeschichten als Bestätigung der vorangegangenen Offenbarungsschriften, der Tora und das Evangelium, und um einfache Darlegungen weltlichen Wissens, wie die Entwicklungsbiologie des Menschen, in einfachsten Worten und für jeden Menschen verständlich. Die Sprache des Quran ist die Reimprosa. Man nennt sie Sadsch.

Nach dem Tode Muhammads, Friede und Segen auf ihn, wurde Abu Bakr von den Helfern und Auswanderern nach kurzer Beratungszeit als Kalif gewählt.
In seiner Amtszeit kam es in den Jamama- Kriegen dazu, dass viele Muslime starben, die den Quran komplett auswendig kannten. Das Wort Quran bedeutet „Rezitation bzw. Lesung". Aus diesem Grund ließ er alle losen Schriftstücke zusammentragen und beauftragte Zaid ibn Thabit, die Blätter zu einem losen Blattwerk zusammen zu

tragen, den Suhuf. Wobei zwei Muslime als Zeugen dabei sein mussten, als Bestätigung, dass Muhammad, Friede und Segen auf ihn, diese Offenbarung tatsächlich erhielt.
Nach dem Tode Abu Bakrs gab man die Schriftstücke weiter an Umar, danach kamen sie zu seiner Tochter Hafsa. Unter Uthman bin Affan wurde schließlich die heutige Quranfassung erstellt, der Mushaf Uthman. Er stellte alle losen Blätter zu einer Abschrift im gebundenen Buch zusammen und schickte sie in die wichtigsten islamischen Gebiete, um sie durch andere Materialen ersetzen zu lassen. Der Mushaf Uthman kam so nach Kufa, Basra, Damaskus, Mekka und Medina.
Alle anderen privaten Schriften wurden vernichtet.

Abu Bakr war der einzige Kalif, der eines natürlichen Todes starb. Umar, Uthman und Ali wurden ermordet.

Die Zeit in Mekka
(Vor der Hidschra)

570 n. Chr.
Die Geburt Muhammads, Friede und Segen auf ihn, in Mekka. Abdullah, der Vater, starb bereits vor seiner Geburt in Yathrib.
Diese Zeit nennt man " Das Jahr des Elefanten".
Abraha, der Statthalter von Jemen, wollte die Kaaba mit seinen Elefanten und einem großen Heer angreifen. Er wurde davon von Lehmklumpen werfenden Vögeln abgehalten und nieder geschlagen.
(Quran 105:1-5)

570 n.Chr.
- Muhammad, Friede und Segen auf ihn, lebte ab seinem vierten Lebensmonat bei der Amme Halima.

575 n. Chr.
- Er kehrte zurück nach Mekka und lebte ein Jahr bei seiner Mutter.
- Nachdem sie mit der Sklavin Baraka und Muhammad, Friede und Segen auf ihn, das Grab ihres Mannes besuchte, erkrankte sie auf der Rückreise und verstarb in Abwa.

576 n. Chr.
- Nach dem Tode Aminas wurde Muhammad, Friede und Segen auf ihn, von seinem Großvater Abdul- Muttalib betreut.

578 n. Chr.
- Kurz vor seinem Tod gab er Muhammad, Friede und Segen auf ihn, in die Obhut seines Sohnes Abu Talib.

695 n. Chr.
- Muhammad, Friede und Segen auf ihn, und
Chadidscha heirateten. Muhammad, Friede und Segen auf ihn,
war fünfzehn Jahre jünger als sie.
Es wurden sechs Kinder geboren, wobei die beiden Jungen
im Kleinkindalter starben.

605 n. Chr.
- Der Wiederaufbau der Kaaba auf Grund einer Überschwemmung.
 Muhammad, Friede und Segen auf ihn, setzte den Schwarzen Stein
zurück an seinen Platz.

610 n. Chr.
Die Berufung zum Propheten
 - **Die erste Offenbarung** auf dem Berg des Lichts in der
Höhle Hira, nahe Mekkas.
„Lies im Namen deines Herrn, der erschuf.
Erschuf den Menschen aus einem Anhängsel.
Lies, denn der Herr ist Allgütig.
Der mit dem Schreibrohr lehrt,
lehrt den Menschen, was er nicht wusste."
(Quran 96:1-5)

615 n.Chr.
- Die erste Auswanderung nach Abessinien (Äthiopien) zu König
Nadschaschi. Er war ein Christ.

616 - 619 n.Chr.
- Der Boykott in Mekka
Verboten wurde die Heirat mit den Bani Hashim und Bani Abdul-
Muttalib, verboten wurde der Handel mit ihnen.

620 n.Chr.
- Abu Talib und Chadischa starben -
" Das Jahr der Trauer".

622 n.Chr.
- Muhammad, Friede und Segen auf ihn, heiratete nach der Trauerzeit Sauda.
- Der gescheiterte Versuch den Islam in Taif zu verbreiten.
- Die Nachtreise
 Muhammad, Friede und Segen auf ihn, reiste mit dem Buraq nach Jerusalem und stieg dort zu Gott in den Himmel auf. Es wurden ihm die fünf Pflichtgebete befohlen.
- Der Treuschwur von Aqaba
- Der erste Abgesandte nach Yathrib
(Mus`ab bin Umayr)
- Die Auswanderung nach Yathrib zusammen mit Abu Bakr
- Das Setzen des Fundaments der ersten Moschee in Quba.

Die Zeit in Medina
(Nach der Auswanderung)

622 n.Chr.
- Ankunft in Medina (vor der Einreise noch Yathrib)
- Der Bau der Moschee des Propheten
- Die Ausrufung des Gebetsrufes durch Bilal
- Zakatpflicht und Fastenpflicht im Monat Ramadan

„Die Charta von Medina"

Es wurde beschlossen, dass die Juden gleichberechtigt den Muslimen in der Ausübung ihrer Religion waren und jeder seinen eigenen Gesetzen im Sinne des Gemeinwohls unterlag. Anfeindungen von Religion zu Religion waren verboten. Wollte eine Familie Medina verlassen, musste sie sich bei Muhammad, Friede und Segen auf ihn, abmelden.
http://www.ansary.de/Islam/ChartaMedina.html

624 n.Chr.
- Die Schlacht von Badr

625 n.Chr.
- Die Weizenbreischlacht
- Die Schlacht von Uhud
(Hamza und Mus`ab bin Umayr starben als Märtyrer)

627 n.Chr.
- Die Schlacht von Medina
(Die Grabenschlacht oder die Parteienschlacht)

628 n.Chr.

„Der Vertrag von Hudaibiya"

-Frieden auf zehn Jahre

-die Muslime müssen dieses Mal Mekka unverrichteter Dinge verlassen, dürfen jedoch im folgenden Jahr für drei Tage in Mekka einziehen, um eine Umra zu verrichten.

-allen Stämmen wird freigestellt sich für ein Bündnis mit Muhammad oder den Quraisch zu entscheiden.

-die Muslime verpflichten sich Überläufer aus Mekka, die ohne Erlaubnis ihres Vormundes nach Medina kommen auszuliefern, selbst wenn sie Muslime sein sollen. Für die Mekkaner gibt es keine entsprechende Verpflichtung.

- Friedensboten in die Nachbarländer
- Die Heirat mit Maria der Koptin, gemeinsamer Sohn Ibrahim

629 n.Chr.
- Die Schlacht von Chaibar.
- Die Umra Muhammads, Friede und Segen auf ihn

630 n.Chr.
- Der Vertragsbruch der Quraisch
- Die friedliche Einnahme Mekkas
- Die Belagerung von Taif
- Die Schlacht von Tabuk
- Ibrahim, der Sohn Muhammads, Friede und Segen auf ihn, starb.

632 n.Chr.
- Die Abschiedswallfahrt
- Die Abschiedsrede auf dem Berg Arafa

Der letzte offenbarte Satz

„Heute habe ich euren Glauben für euch vollendet und habe meine Gnade an euch erfüllt. Und es ist mein Wille, dass der Islam zu eurer Religion wird." **(Quran 5:3)**

-Muhammads, Friede und Segen auf ihn, tot.

Quellennachweis

Muhammad
Prophet der Barmherzgkeit
von Muhammad Ibn Ahmad Ibn Rasoul
ISBN 3-8217-0197-8

Ulum Al- Quran
Einführung in die Quranwissenschaften
Ahmed von Denffer
Übersetzung der Orginalausgabe
ISBN 89037 2480

Der edle Qur`an
Scheich Abdullah as- Samit Frank Bubenheim

www.islam-pedia.de

Der Vertrag von Medina
www.ansary.de/Islam/ChartaMedina.html

Bitte besuchen Sie auch die
Homepage des Verlages
www.assira-verlag.de